과거와의 네 가지 해후

과거와의
네
가지
해후

이영백 장편소설

밥북
BABBOOK

나는 가을 속 파리를 사랑한다.

나는 보슬비가 차갑게 내리는

겨울의 파리도 견딘다.

나는 봄날의 파리를 참 좋아한다.

나는 지글지글 끓는

여름의 파리도 사랑하려 한다.

나는 어느 순간이라도 파리를 사랑한다.

한 해의 어느 순간에도 파리를 좋아한다.

왜 그러느냐고?

거기에 나와 당신과 그들의 사랑이 있기 때문이다.

두 번째 소설 후 근 일 년 만에 다시 원고를 출판사에 보내고 다시 보니 역시 많이 부끄럽다. 난치병 수준인지도 모르겠다. 하여간 약 일 년 동안 100년 전 과거 사회와 사랑에 관련되는 생각과 상상, 사실을 나름 정리해 보았다.

첫 번째 소설에서 현재, 두 번째는 약 100년 후 세계를 다루었고, 약 100년 전의 사랑과 사회를 이야기하는 이 세 번째 작품을 끝으로, 감히 시공을 넘나들었던 시리즈를 일단 마감하려고 한다.

멋대로 생각이긴 하나 이 시리즈가 유종의 미를 거둘 수 있도록, 다시 말씀드리면 이 세 번째로 나의 시리즈가 마무리될 수 있기를 바라며 이번 소설에 많은 격려가 있기를 솔직히 간절하게 기대하고 있다. 많은 질책과 연민 또한 부탁드린다. 그래야 애꿎은 시간과 종이와 볼펜과 노트북이 그만 고생하지 않겠는가.

사족으로 말씀드리건대 이번 소설도 중국어판 출간을 고려하고 있다. 중국 푸단대의 한국어과 최고 실력의 번역팀에 미리 감사를 드린다. 두 번째 소설을 2020년 코로나바이러스의 폭풍 속에서 더 나은 미래를 기약하며 선보였는데, 한 해가 지나고 세 번째 작품을 내놓으려고 하는 지금에도 일 년 전 말이 별로 달라지지 않아 서글플 따름이다.

가장 중요한 건

우리의 사랑에 대해 함구하는 것이다.

영원한 것은 아무것도 없으니

우리의 사랑 또한

영원하지 않을 수 있다는 걸 인정해야 한다.

그대와의 사랑,

자랑하고 싶은 마음은

바다와 같고 하늘에 닿지만

침묵해야 한다.

사랑에 대해 침묵하는 건

사랑에 대한 예의를 지키는 것이고

우리를 감싸는 것이다.

사랑은 음식과 같다.

아무리 좋은 음식도

그릇 밖에 떨어지면 더러워지고 만다.

아무리 아름다운 사랑도

입술 밖으로 나가면

자칫 추하고 부끄러운 일이 될 수 있다.

사랑에 대해 함구하고 침묵하는 것,

사랑을 지키는 비결이다.

과거와의 네 가지 해후

적어도 아주 조용한 소리로 그들의 사랑을 얘기하는 것은 그나마 다소 용서받을 수 있다고 제멋대로 생각하며, 가을, 겨울, 봄, 여름, 네 가지 색깔의 격렬하고 공허하고 슬프고 아름다운 얘기들을 감히 펼쳐 보인다. 어느 때는 수평 방향으로, 다른 때는 다른 방향, 아마도 수직으로 직조되었을 또 다른 내용이 등장한다. 그러다 이 방향과 저쪽이 갈팡질팡하며 알 수 없는 내용도 고개를 내민다. 화려하게 예쁘나 전혀 성실하지 않고 전혀 여성적이 아닌 비극적 여인도 무대에 오른다.

소설 내용에도 나오나, 한국인과 중국인은 대단하고 생존력이 강해 약 100년 전에도 프랑스 파리나 옛 아프리카 프랑스 식민지에까지 진출해 있었다. 그런 강인함이 작품의 토대가 되어 현재 한국이나 중국에 있는 우리에게까지 이런 이야기를 선사하고 있는 것이다.
시간과 공간의 위대함이여, 오묘하고 복잡한 연관성이여.

이야기 중 일부의 밑바탕을 제공한 아프리카계 프랑스인 친구에게 작가의 말을 빌려 감사한다. 그러나 코로나바

이러스가 우리를 갈라놓아 이야기를 충분히 듣지 못하고 대부분을 상상과 사실로 덧칠을 하게 되었다. 어쨌든 감사의 표현을 안 남길 수는 없다.

 사랑, 그것의 정의는?
 무의식적으로 우리의 환경은 우리에게 사랑에 대한 잘못된 정보를 제공한다. 우리는 잘못된 자료로 남녀 관계를 시작하기 일쑤다. 눈먼 인간이 코끼리 몸 만지기와 비슷하다. 범죄와 욕정으로 얽힌 사랑도, 신화와 선천적 멍에의 업보로 얼룩진 사랑도, 사랑이라기보다는 존경과 일로 가득 찬 관계도, 그리고 제법 평범한 사랑도 어떻게 무엇은 아니고 무엇은 맞다고 할 것인가? 그것들은 약 100년 전에 또는 지금, 혹은 약 100년 후에도 같이 존재하며 그때그때의 시간과 공간에 둥지를 트는 것은 아닐까?

 이런 사랑의, 아니 남녀 관계나 인간관계의 날줄과 씨줄을 다르게 조합하면 수많은 변주곡이 등장할 것이다. 그러나 그 직조로 만들어지는 옷감은 결국 인간이 다시 입고 뽐내야 하는 것이다. 멋있는 무늬로 짜겼든 아니든 우리가 입어 멋있어 보이거나 웃겨 보이게 될 것이다. 어느 것은 기쁨을 주고 다른 것은 슬픔을 주기도 할 것이나 그것 또한 다른 씨줄과 날줄이 되어 다시 세상과 호흡하지 않겠는가.

어느 시간과 공간에서 시공의 초월을 간절히 바라며….

어느 봄날에

이영백

차례

1부

파리의 가을 하늘 속으로

◈

1920년 프랑스 파리 14지구의 가을은 여느 때와 같이 날씨 변덕이 심하고 비도 자주 오고 있었다. 노천카페의 하얀 간이 의자가 이제는 을씨년스러워 보였다. 의자 몇 개에는 뭔지도 모르는 낙엽이 하나나 둘 앉아 있었다. 그리고 긴 맨다리에 제법 짧은 스커트를 입고 지나가는 여인의 자존심이 다소 추워 보였던 것도 어쩔 수 없는 사실이었다.

그러나 몽파르나스를 포괄하는 파리 14지구는 날씨와 관계없이 활기에 넘치고 있었다. 몽파르나스 지역은 당시 파리에서 생활비가 덜 드는 곳이었다. 세계 제일의 예술 도시에 전 세계에서 모여든 돈은 없으나 누구보다도 자유로운 영혼의 예술가들은 마치 진공에 갇히듯 여기로 자연

과거와의 네 가지 해후

스레 모였고, 이 지역을 활기와 창의가 가득 찬 곳으로 만들고 있었다.

이와 동시에 몽파르나스에는 오래된 공동묘지가 있어 활기찬 가운데 여러 생각이 들게 해주는 곳이었다. 단풍나무, 물푸레나무 등 천여 그루의 나무가 울창한 묘지였다. 세계적 유명 인사들도 많아 잠들어있었는데 시인 보들레르, 작가 스탕달, 모파상과 졸라, 작곡가 베를리오즈 등이 그 몇몇 예였다. 그들 순례를 위해 적지 않은 사람들이 한 해 내내 방문하였다. 특히 가을에 방문하는 것이 당연히 어울렸다.

파리 대학은 파리 시내에 위치한 종합대학교였다. 흔히 소르본 대학이라는 별칭으로 잘 알려져 있었다. 역사적으로 신학과 철학에서 엄청난 명성을 얻은 세계 최고의 명문대학교 중 하나였으며, 유럽에서 가장 오래된 대학 가운데 하나였다. 프랑스 혁명기에 폐쇄되었다가 이후 1900년이 다 되어서 다시 설립되었다.

알퐁스 정, 조선 이름 정현수는 파리에서의 생활이 어느덧 5년을 넘기고 있었다. 그즈음 그는 소르본 대학에서 식품 과학으로 석사학위를 취득하고 대학에서 연구원으로 일하고 있었다. 체격은 꾸준한 운동으로 단단하나, 평생 공부만 해왔다고 해도 과언이 아니었다.

　알퐁스는 프랑스 식민지였던 아프리카의 한 나라 수도에 소재한 국제 병원에서 일하던 조선계 의사의 독자로 태어나 그곳에서 자라게 되었다. 부모 모두가 의사였다. 물론 그곳에 사는 조선계 사람은 거의 없었다. 알퐁스는 자라며 자연스레 전통 깊은 프랑스인 학교에 다녔고 명문 소르본까지 입학했다. 사실은 자신이 원해서 다닌 것이 아니라 전통적으로 교육에 대한 열의가 대단한 조선계 부모를 둔 덕이었다.

　알퐁스 정의 그때 감정은 안정적이지 못했다. 그때 그는 이미 부모님 성화로 파리에 있는 조선계 친지 딸과 맞선 비슷한 것을 보았다. 서로 아주 싫지는 않아 전화로 종종 연락을 취하며 아주 가끔 만나는 여인, 카뜨리느가 있었다. 그러나 둘은 손도 제대로 못 잡아본 그런 관계였다.

그런데도 알퐁스는 바로 옆에 당장 아무도 없으니 연구에 매진할 때는 괜찮은데 밤에 14지구 조촐한 아파트에 돌아오면 쓸쓸함이 엄습해 올 때가 많았다. 그런 때는 어쩌다 카뜨린느에게 연락을 취하기도 하였으나 사실 연락하기도 쉽지 않고 주로 연구와 이런저런 상상과 망상을 하며 외로움을 지웠다.

알퐁스는 어느 쓸쓸한 저녁, 대학에서 아파트로 흐느적거리며 돌아오고 있었다. 그의 마음과는 다르게 아파트 근처는 황금빛 가을 단풍색이었다. 덕분에 그의 기분도 다소 좋아졌다. 아파트에 거의 도달했을 때 뒤쪽에서 누가 부르는 소리에 돌아보았다. 황금빛 가을이 부르는 소리인 줄 알았다. 전혀 뜻밖에 늘씬하고 금발인 정통 프랑스 젊은 미녀가 거기에 있었다. 옛날 동화에 자주 나오던 미녀로 변신한 여우인가 착각할 지경이었다.

"이 근처 같은데 이곳이 어딘가요? 제가 지방에서 올라와 잘 찾지를 못하겠네요."

알퐁스는 멍했던 상태에서 정신을 차리고 내민 쪽지를 정신없이 들여다보았다. 저쪽이었다. 손으로 가리키며 자기를 따라오라고 하였다. 사실 좀 배가 고픈 것을 제외하고는 별 할 일이 없기도 했고, 여우한테 홀린 셈 치고 직접 안내하고 싶었다. 같이 가보니 그곳은 레스토랑이었다.

집으로 오는 길에 그는 아직도 흥분이 가라앉지 않은 상태였다.

'파리에 몇 년 살다 보니 이런 일도 생기네. 내가 지금껏 파리에서 본 제일 예쁜 여자였어.'

그날따라 유난히 아름다웠던 저녁 어스름이 그렇게 만들었는지도 몰랐다. 아름다움도 그렇고 그녀의 야릇한 향기가 사라질 줄 몰랐다. 그 흥분 상태가 하루 이틀 더 이어졌다.

며칠 후 저녁, 집에서 밥 해먹기도 귀찮고 하여 어찌할까 하다 그 레스토랑이 생각났다. 그리 비싸 보이지도 않았고 혼자 가도 이상해 보이지 않아 보였다. 물론 그녀도 불현듯 생각이 났다. 좀 가라앉았던 그녀 생각이 다시 나니 더 이상 그 레스토랑에 가지 않을 수 없었다. 물론 거기 간다고 그녀가 꼭 거기 있다는 보장은 없었다. 그녀가 거기서 일하는지 아닌지도 몰랐고, 일한다고 하더라도 이 날이 일하는 날인지도 알 수 없었다.

레스토랑 문을 열고 들어갔더니 다행히 만석은 아니었다. 종업원 안내로 구석 1인석에 앉았다. 간단한 저녁 주문을 하고 도착한 하우스 뱅루즈* 한잔을 입에 대는데 다른 테이블 주문을 받고 돌아서는 다른 여자 종업원이 보였다. 다시 여우에 홀려버렸다. 그녀였다.

'아, 그때 여기서 일하러 온 것이었구나.'

알퐁스는 순간 잔에 많이 남았던 뱅루즈를 단숨에 다 마셔버렸다.

'어떻게 그녀에게 아는 체를 하지?'

이런저런 생각을 하고 있는데, 주문한 음식을 들고 나타난 종업원은 바로 그녀였다. 눈앞에 나타난 그 야릇한 향

---

* 뱅루즈(vin rouge): 적포도주를 가르키는 프랑스어이다.

기에 숨이 훅 멎었다. 레스토랑 유니폼을 입고 있으나 여전히 그에게는 파리에서 제일 예쁜 여자였다.

"음식 가져왔어요. 들어오실 때부터 알아봤어요. 그런데 다른 테이블에서 추가 주문을 받고 있었어요. 아는 체하기도 눈치 보여 제가 주문하신 음식을 들고 왔어요."

결국, 그녀 이름도 알게 되었다. 쟈크린.

이런 식으로 약 1개월간 서로 뜸을 들이다 결국 그녀가 근무하지 않는 날에 만나기로 하였다. 점심 약속이었다. 뜸이라고 해봐야 그가 몇 번 그곳을 방문하였고 두어 번 어디서 같이 시간 좀 갖자고 제안한 거였다.

그녀를 만나기로 한 센강 부두에 있는 좀 비싼 레스토랑에서 그는 들어오는 그녀를 보고 다시 마음이 설레고 놀랐다. 그는 건장하고 어느 정도 생긴 편이긴 하나 프랑스인이 아니라 동양인이었다. 나타난 그녀는 모처럼 제대로 꾸몄더니, 눈부시고 늘씬한 금발의 정통 프랑스 젊은 미녀였다. 레스토랑을 들어설 때 그는 진짜 빛이 움직이는 것 같은 느낌이 들었다. 같이 눈에 들어왔던 센 강변의 적색과 홍색과 녹색의 아름다운 가을 단풍이 순간 그의 시야에서 사라졌다. 그에게는 그녀가 연극무대에 오르고 있는 주인공 여배우같이 느껴졌다. 그뿐 아니라 레스토랑에 있던 다른 프랑스인들도 다들 잠깐이라도 눈길을 돌릴 정도였다.

그는 자기 앞에 진짜 프랑스 미녀가 나타난 것을 그제야 제대로 깨닫게 되었다. 자기도 모르게 자리에서 일어나 그녀를 영접하고 있었다. 단순한 미녀가 아니고 아주 관능적이며 우아하고 자연적 아름다움이 넘쳤다. 갑자기 위축되면서도 한편으로는 강한 쟁취 욕망이 치솟았다.

알퐁스는 프랑스에서 생활한 지도 꽤 되었는데 이제 이런 여자와 한번 사귀어보아야 하지 않겠는가 하는 생각이 들었다. 이런 생각으로 흥분되는 마음을 알퐁스는 파리에 있는 조선계 여자 카뜨리느를 떠올리거나 자신이 지성인이라는 것을 과도하게 자각하며 진정시켰다. 그녀는 자존심 덩어리이거나 공주 행세를 하지 않을까 하는 예상을 깨고 아주 스스럼없게 행동하였다. 평범한 여자보다도 더 위축

되었던 알퐁스의 마음이 차츰 자신감을 얻게 되었다. 대단한 여인을 만났다는 기쁨이 온몸을 훑어 내려갔다.

식사하는 동안 짧다면 짧은 가운데서도 그들은 진솔하고 친밀한 대화를 나누었다. 그날 점심, 어설픈 관계의 여자가 있다는 것을 빼고는 자신에 대한 모든 얘기를 한 것 같았다. 쟈크린은 얘기를 끌어내는 재주가 있는 듯했다. 그녀는 그리 많은 얘기를 하지는 않았으나 상대방이 그 밝고 화려한 눈을 바라보면 자기에 대한 거의 모든 얘기를 술술 토해내게 하는 묘한 재주를 가진 것 같았다. 그런 가운데 그녀도 중요해 보이는 듯한 얘기는 거의 다 하였다.

쟈크린은 프랑스 남부 마르세유 근교의 중하 수준의 가정 출신이고 학교는 고등학교만 나왔다. 바칼로레아(프랑스의 고등학교 졸업시험이자 대학교 입학 자격시험)도 보지 않았다. 거기서 원하는 직장을 억기란 쉽지 않았다. 직업교육을 받거나 직장을 얻으러 파리에 왔다는 얘기였다. 직장생활 좀 하다 관련되는 음식이나 레스토랑에 대한 공부를 더할 계획도 가지고 있었다.

알퐁스가 식품 과학을 전공하고 있다는 얘기를 듣고는 자기와도 많이 관련된다고 그녀는 아주 좋아하였다. 가보지는 못했으나 태양이 한없이 맑고 찬란한 프랑스 남부에서 왔다는 말에 그녀가 더 화사해 보였다. 식사하는 동안 그들은 자연스레 서로 좋은 감정으로 계속 교제를 하기로 하였다. 그는 속으로 쾌재를 불렀다. 물론 시작이 아름다우니 끝까지 아름다울 거라는 당연한 착각도 뒤따랐다.

점심 후 둘은 아직 이른 오후이나 다른 곳에 가서 하던 얘기도 더하고 뱅루즈도 마시기로 했다. 젊은 남녀가 서로 말문이 터졌으니 얼마나 할 말이 많았겠는가. 그가 파리에서 제일 좋아하는 카페로 갔다. 물론 아주 비싼 곳은 아니었다. 그 비밀 장소는 루브르 박물관 근처에 있는 카페였다.

둘은 테라스에 앉았다. 루브르로 이동하는 동안에 비가 조금씩 내리기 시작하였다. 비 오는 카페 테라스에서 우선 커피를 한잔하며 물끄러미 바라본 카페 바로 밖 거리에는 군데군데 이미 빗물이 고여 있었다. 여기에서 반사되는 카페 조명이 그럴싸하게 예뻤다. 맑은 밤 은하수가 바닥에서 반사되는 것 같았다. 물론 그녀의 모습에는 비교가 안 되었다.

커피를 마신 다음 별로 비싸지 않은 뱅루즈 한 병을 마시기 시작했다. 어찌 이리 싼 뱅루즈를 마시느냐는 이미 둘 사이에 아무런 문제가 되지 않는 듯했다. 싸구려 뱅루즈를 마시면서도 둘은 계속 자신이 지내온 얘기를 하거나 상대편의 얘기를 들었다. 아까 식사하면서도 그리 얘기를 나눴건만 서로 궁금한 게 너무 많은 모양이었다. 서로에 대해 관심이 많다는 증거였다. 하기야 20년 넘게 전혀 모르고 살아온 인생들을 단 몇 시간에 다 알 수야 없지 않겠는가.

뱅루즈를 마시며 얘기를 나누는 가운데 둘은 아주 자연스레 손도 포개게 되었다. 그녀가 얘기할 때마다 그의 손 안에서 그녀의 예쁜 손이 움칠움칠 따뜻하게 움직여 그는 온몸이 따뜻해지는 것을 느꼈다. 손에 불과했지만 그녀는 그가 하는 대로 잘 따라주었다. 참으로 그에게는 믿을 수 없는 기쁨과 자부심이었다. 알퐁스는 금발의 프랑스 젊은 미녀가 유학생을 갓 벗어난 동양인인 그를 이미 애인 비슷하게 생각한다고 자신하게 되었다. 물론 그 이유를 따질 경황도 없었고 사실 따질 하등의 이유도 없었다. 너무 만족스러운 현실이었기 때문이었다.

그 카페에서 한두 시간을 그렇게 보냈다. 카페를 떠날 즈음에는 다행인지 비가 오지 않았다. 그녀의 집은 그의 아파트와 멀었으나 다행히 지하철역인 루브르 박물관역에서 그처럼 1호선을 타야 했다. 서로 반대 방향이었지만 당연히 역까지는 같이 이동하였다. 파리에는 만국박람회 때 개통되어 그즈음 20년가량 되는 파리의 자랑거리인 지하철이 있었다. 이미 12개 노선이나 운행되고 있었다.

같이 다정히 걸어가는 동안 그녀는 지나가는 말처럼 말했다.

"저는 나쁜 남자 경험을 많이 했어요."

프랑스어를 아직도 완전히 습득했다고는 감히 자신할 수가 없어 순간 잘못 듣지 않았나 하고 고개를 옆으로 돌렸더니 그녀의 순수하게 아름다운 얼굴이 태연히 거기 있었다. 너무나 이해가 안 되는 말이었다. 결단코 믿고 싶지도 않았던 말이라 그는 어떤 질문도 하지 않았다. 차라리 못 알아들은 척하였다. 다행히 지하철역에 도착할 때까지 그녀도 더 이상의 말은 하지 않았다.

역에서 각자 집이 반대 방향이나 알퐁스는 오늘 둘만의 정식 만남은 처음이고 하여 예의상 집에 데려다줘도 괜찮은지 물었다. 그 물음은 그녀가 뭔지 좋지 않은 일을 당하고 있지 않나 해서 도와줘야겠다는 생각이 무의식적으로 작용했을 수도 있다. 쟈크린의 답은 다시 뜻밖이었다. 즉시 돌아온 답은, 집에 데려다 달라는 거였다. 그는 그녀와 더 긴 시간을 함께한다는 것이 무척 좋았으면서도 다른 한편으로는 아까 걸어오면서 그녀가 했던, 혼잣말 같았던 말과 연결되어 약간 겁이 나기도 했다.

'혹시 이 여인이 범죄조직과 연관되어 있나? 나를 거기로 데려가는 건 아니겠지?'

알퐁스는 외국 객지에서의 생활도 여러 해인지라 배짱

과거와의 네 가지 해후

은 많이 늘었으나 일단 그런 식으로 생각이 드니 두려움이 일기도 했다. 그러나 이미 데려다줄까 물었고 그녀가 데려달라고 하였는데 다시 번복하기에는 그의 알량한 자존심이 허락지 않았다. 그녀를 도와줘야겠다는 의협심까지도 고개를 들기 시작하였다.

"좋아요. 내가 데려다주고 갈게요. 무슨 일 생길까 걱정하는 거죠?"

그는 겁이 난 마음에 쓸데없는 말을 하고 말았다.

"무슨 일이요? 무슨 일이 생길 거는 없어요. 혹시 신경이 쓰이면 억지로 데려다주지 않아도 돼요."

그녀의 당당한 대답에 다시 혼란스러워졌다. 하여간 오늘은 무슨 일 생길 게 없다는 얘기인 것 같으니 이제는 군말 없이 연애 기분으로 따라가는 수밖에 없었다. 그렇다고 겁이 완전히 사라지지는 않았으나 그는 가는 도중에 아까 그 말이 무슨 의미였는지 상황을 봐서 물어보기로 했다.

아직 늦은 오후라서 그런지 지하철에 사람이 아주 많지는 않았다. 둘은 나란히 앉았다. 지하철 내에 있는 승객들의 시선이 이들을 모두 한 번씩은 훑어보는 것 같았다. 파리가 세계 제일의 국제도시이기는 하나 아직 동양인 청년과 프랑스 젊은 미녀가 동행하는 것이 그리 흔한 일은 아니었기 때문이다.

어쨌든 둘은 신경을 안 쓰는 척 평상처럼 가끔 대화를 나누며 앉아 갔다. 사람들의 지나친 이목을 끌 거까지는 없었기 때문에 손을 잡는다거나 하지는 않았다. 물론 밀착해서 앉기는 하였으나 처음부터 밀착하여 앉은 것은 아니었다. 그녀의 부드러운 몸과 향기에 끌려 점점 밀착이 되었을 뿐이었다.

"아까 말했던 나쁜 남자 경험이란 게 뭐예요? 물론 아직 얘기하기 싫으면 안 해도 되고요."

알퐁스는 안 들어도 되지만 할 말도 없고 해서 물어본다는 식으로 가볍게 던졌다. 그러나 그녀는 대번에 생각하기도 싫다는 표정을 지었다. 그러더니 진지하게 답을 했다.

"좀 더 친해지면 다 얘기해주겠어요. 꼭 해줄게요."

더 이상 묻기 어려운 답이었다. 그러는 중 그녀의 집 근

　　　　　　　　　　　　　　과거와의 네 가지 해후

처 역에 도착하였다.

"집에 혼자 갈 수 있어요? 여기까지 왔는데 집이 역에서
멀지 않으면 바래다줄까요?"

알퐁스는 어차피 멀리 와서 조금 더 늦는다고 큰 차이
가 없었다. 그리고 여기까지 왔는데 신비스러운 쟈크린이
어디서 어떻게 사는지 궁금하기도 했다.

"역에서 아주 멀지는 않아요. 여기까지 오셨는데 집에
가서 커피나 뱅루즈 한잔하고 가세요. 물론 좋은 거는 아
니고요. 사실 가는 도중 위험한 곳도 한군데 있긴 해요."

역을 벗어나자 어둑했다. 그녀는 살갑게 그의 팔을 끼었
다. 그렇게 걸었다. 어떤 컴컴하고 위험해 보이는 듯한 곳
도 지나갔다. 불빛도 약한 데다 건달 느낌을 주는 젊은 남
자 몇이 떠들고 있었다. 그곳을 갓 지난 후에 그도 다소
흥분하여 말했다.

"말대로 무서운 곳이 있네요. 여기를 어찌 매일 지나다
녀요?"

그녀는 대수롭지 않게 답했다.

"약간 겁이 나는 것은 사실이나 이미 많이 다녔는데도 별일은 없었어요. 그리고 제가 경험했던 나쁜 일에 비하면 아무것도 아니기도 하고요."

다시 흘러나온 나쁜 일이 다시 궁금해졌다. 그가 얼굴을 그녀 쪽으로 돌려봐도 그녀는 못 본 척 앞만 봤다. 그리고 그 나쁜 일에 대해 더 이상 별 얘기를 하지 않았다. 그는 멋쩍게 다시 앞으로 고개를 돌릴 수밖에 없었다.

"다 왔어요. 저 앞의 아파트 건물이에요. 초라하고 낡아 보이죠?"

진짜 좋아 보이지는 않는 아파트였다. 알퐁스는 자신을 여기까지 데려온 게 무엇을 의미하는지 솔직히 궁금해졌다. '아직도 나쁜 경험에 시달려서인가? 아니면 그것으로부터 벗어나고 싶어서?' 알퐁스는 혼란스러웠으나 후자일 것 같기도 했다.

"좁고 낡은 집이나 약속대로 커피나 뱅루즈 한잔 드릴게요."

알퐁스는 늦은 시각이라 집에 들어가는 게 실례인 듯도 했다. 좁은 집에서 젊은 남녀만 있을 때 벌어질지도 모를 사건에 대해 겁도 났다. 원래는 바라던 바였으나 그녀가 지나가는 듯 이상한 얘기를 한 이후로 뭔가 께름칙해졌다. 하지만 거절하기에는 너무 멀리 왔고 아직도 은근히 무슨 기대가 있었던 것도 사실이었다.

쟈크린의 아파트는 예상대로 그녀의 예쁜 모습과는 너무 달랐다.

"프랑스 남부에 사시는 부모님 집도 그리 넉넉하지 않아 거의 맨몸으로 파리로 와서 이것도 겨우 들어오게 된 싼 월세 아파트예요."

보통 사람들이야 거의 월세 아파트에 살기는 하나 알퐁스는 그녀의 아파트를 보니 역시 좋지 않은 자신의 아파트가 너무 괜찮다는 생각이 불현듯 들었다. 대학원생을 갓 벗어난 동양계 외국인보다 더 어렵게 사는 프랑스 젊은 미녀. 뜬금없이 상드리용(신데렐라: 재투성이의 아가씨) 얘기가 머릿속에 잠시 전개되었다.

작고 낡아 보이기는 하나 예쁜 식탁보로 가려진 식탁 옆 낡은 나무의자에 알퐁스는 몸을 걸쳤다. 집이야 허술하든 말든 그녀를 보니 걸어 다니는 최고의 실내장식 같았다.

금발미녀가 커피 물 끓이는 소리와 모습은 밝고 따뜻하였다. 그동안에 집에 있던 비싸지 않은 뱅루즈도 한잔 주어 마셨다. 몇 모금 들어가니 여기가 상드리용의 왕자네 왕궁 같기도 했다. 뱅루즈 한잔에다 커피 한잔까지 마시고 알퐁스는 그녀 집을 나서기로 했다. 돌아가는 데 걸리는 시간도 있고 여기 더 있다가는 무슨 일이 벌어질지 장담할 수 없었다. 그녀는 가만히 하는 대로 지켜보다 한마디 하였다.

"그 나쁜 경험 안 듣고 가실래요?"

쟈크린이 장난스럽게 그를 떠봤다. 아니 유혹했다고 볼 수도 있었다. 알퐁스는 직감에 그 얘기를 듣고 뱅루즈도 더 마시고 더 늦어지면 이 작은 아파트에서 같이 자는 일이 벌어질 것 같았다. 그리되면 자연스레 무슨 일도 생길 것으로 예상했다.

"듣긴 들어야죠. 그런데 아무래도 다음에 카페나 다른

　　　　　　　　　　　　과거와의 네 가지 해후

곳에서 듣는 것이 좋을 듯해요. 시간도 늦었고 내용도 심
각할 듯해서요."

소심한 알퐁스로서는 그 이상 도전은 무리였다.

쟈크린이 빙그레 웃었다. 알퐁스는 다시 왔던 길을 반복
하여 내려왔다. 그녀 생각에 가득 차서. 올라올 때는 그녀
한테 신경 쓰고 위험한 곳 살펴보느라고 잘 몰랐는데 이
골목에도 파리의 가을이 선물을 뿌려주었다. 내려오는 내
내 여기저기 낙엽이 뒹굴고 있었다. 오다 보니 그 위험해
보이던 곳도 다닐 만해 보였다. 그러니 그녀 혼자도 매일
다녔겠지만. 한참을 걸려 그의 집에 돌아왔다.

돌아오는 제법 긴 시간 동안, 알퐁스는 그녀의 그 좁은
집과 사실 제대로 듣지도 못한 나쁜 경험이 뇌리에서 떠
나질 않았다. 거기서 계속 뱅루즈도 마시며 그 얘기도 듣
고 그다음은 하늘에 맡길 걸 그랬다는, 때늦은 후회가 들
었다. 알퐁스는 머리가 뻐근했다. 그로서는 그 유혹과 본
능을 견딘 게 대견하기도 했다. 소심한 그가 선택할 수 있
는 일이 별로 없긴 했으나. 알퐁스는 씻을 생각도 없이 부

얼 장 속에 있었던 오래전 마시다 말아 꽤 산화된 뱅루즈를 한잔 더 했다. 그리고 또 한잔 더. 갑자기 만사가 다 귀찮아졌다. 너무 피곤해서 그런 것 같았다. 그대로 작은 침대 위에 쓰러져버렸다.

다음 날, 대학에서 중요한 회의와 이에 따른 작업을 해야 해서 눈 뜨자마자 정신이 없었다. 전날 데이트하느라 쉬지 못한 데다 술도 은근히 많이 마신 바람에 정신없이 아침까지 늦잠을 잔 탓이다. 자면서도 그녀 생각이 떠나지 않은 것으로 느껴졌다. 그게 늦잠을 잔 이유 같았다.

회의에 늦지 않게 갖은 노력을 다해 가까스로 회의시간에 맞출 수 있었다. 이 회의에 늦었으면 책임교수 눈 밖에 났을 수도 있었다. 교수가 책임지고 진행하던 연구의 마무리 회의였기 때문이다. 더구나 알퐁스가 맡은 부분의 연구가 그리 만족스러운 상태가 아니어서 더욱 그랬다.

교수가 알퐁스의 결과발표를 듣고는 다행히도 예상과는 다르게 부족한 점도 있으나 좋은 결과라고 하는 바람에 다소 한숨을 돌렸다. 사실 알퐁스는 자신이 맡은 일을 나름 열심히 해 왔다. 그런데도 결과가 신통치는 않았다. 어제도 일을 계속했어야 했는데, 어떤 실망감과 자포자기의 심정이 겹쳐져 일을 팽개치고 쟈크린을 만난 것이었다. 그녀를 만나 건 물론 그녀의 매력에 빠진 탓이기도 했다.

세상에는 하나의 이유만으로 생겨나는 좋은 일이 얼마나 많은지 모르겠다. 물론 좋을 것으로 예상했던 일이 예상과 달리 안 좋게 드러나는 경우 역시도 많고 많다. 알퐁스는 이번 회의 결과도 아마 그녀가 뭔가 도와준 덕분이 아니었을까 생각했다. 이런 생각까지 한다는 건 알퐁스가 그녀를 얼마나 좋아하는지를 보여주고 있었다.

일과가 끝나자 알퐁스는 그녀가 일하는 레스토랑으로 달려갔다. 일주일 후에 만나기로 한 약속은 저쪽으로 내팽개치고. 그의 집이 그 근처이기도 했으니 가는 게 어렵지 않기도 했다. 그녀가 일하는 레스토랑의 문을 열고 급히 들어가니 그를 기다리고 있었다는 듯이 그녀가 맞아주었다. 나중에 알고 보니 사실 그녀는 깜짝 놀라 얼어붙은 거였으나 흥분한 그에게는 그 모습이 기다리고 있는 듯 보였다.

쟈크린이 그를 자리로 안내하며 나지막이 물었다.
"어제 만났는데 무슨 일 생겼어요?"
그가 빙긋 웃었다.
"이따 얘기해 줄게요."
다른 때 여기 와서 먹던 것보다 간단한 메뉴를 주문했다. 알퐁스는 사실은 왜 왔는지 간단히 얘기해 주고, 그녀 일이 끝날 때까지 기다렸다가 그녀 집에 데려다주고 어제 상황을 이어가려 했다. 그러나 차츰 흥분이 가라앉으면서 그러려면 너무 오래 기다려야 한다는 생각이 들었다.

사람은 밖에서 에너지를 얻고 살아간다. 먹는 빵, 마시는 물, 들이마시는 공기 등을 모두 바깥에서 얻는다. 그러나 그것만으로는 부족하다. 안에서 받쳐주는 내면의 에너지가 충만해야 한다. 그래야만 감정의 기복이 적어지고 방향도 찾게 되고 존재로 들어가는 입구도 열린다. 그러면서 자기다움을 지킬 수 있다.

조금 있으니 간단히 주문한 음식도 뱅루즈 두 잔도 다 없어져 버렸다. 그녀 일이 다 끝날 때까지 여기서 기다리는 것은 애당초 무리였다. 더구나 레스토랑에 손님이 예상보다 많았다. 마침 그녀와 눈이 마주쳤다. 눈짓과 손짓으로 가겠다는 신호를 보냈다. 그녀가 바쁜 와중에 잠시 다가왔다.

"끝나려면 아직 멀었죠? 내가 집에서 기다릴 테니 끝나는 대로 와요."

쟈크린이 다소 놀란 듯한 표정을 지었다. 어제도 만났는데 갑자기 집으로 오라니 놀랄 법도 했다. 쟈크린은 하필이면 바쁜 날 찾아와서 왜 그러느냐고 물을 시간도 없이 다른 테이블로 갔다. 알퐁스도 곧 그곳을 떠났다.

꽤 있어야 쟈크린이 나타날 것이라 알퐁스는 밀렸던 설거지와 집 청소를 했다. 그러고도 쟈크린이 오지 않아 커피 한잔을 하며 자신의 연구 관련 보고서를 읽다가 잠이 들었다. 잠결에 문을 두드리는 소리가 났다. 그녀를 기다리고 있었다는 생각이 퍼뜩 들자 화들짝 일어나 문을 열었다. 물론 그녀였다. 일단 들어왔다. 시계를 보니 밤 12시 가까이 되었다.

"어떻게 할래요? 지금 같이 출발해서 집으로 가서 얘기를 나눌까요? 아니면 여기서 그냥 얘기할래요? 내가 할 얘기도 있고 만난 김에 어제의 나쁜 경험 얘기도 들읍시다."
그녀는 빙긋 웃으며 오늘 좀 피곤하니 여기서 얘기 나누다 가고 싶으면 가겠다고 했다.

지하철 시간 등을 고려하면 여기서 얘기하다 자겠다는 뜻이라 그는 다소 당황하면서도 야릇한 기대감이 순간 들었다. 이를 감추기라도 하듯 급히 별로 안 좋은 뱅루즈 한 병을 꺼내고 간단한 안주를 준비했다. 그녀는 배가 별로 고프지 않다고 하며 욕실로 가서 세수했다. 레스토랑에서 너무 바쁘게 일하며 땀을 흘렸으니 씻어야 했다.

작은 식탁에 마주 앉았다. 우선 그가 오늘 있었던 좋은 일을 얘기해 주었다. 사실 그녀는 그런 일과는 거리가 멀어 잘 이해는 안 되었으나 진심으로 축하해 주었다. 그는

과거와의 네 가지 해후

축하해 주는 그녀가 고마웠다. 뱅루즈 한두 모금을 마시고 야식을 어느 정도 먹은 후 그녀의 나쁜 경험을 듣기로 했다. 그녀도 정 듣고 싶으면 당장 해주겠다고 했다.

"얘기는 한 3년 전으로 거슬러 올라가요."

그녀는 파리에 좋은 직장 얻으러 왔는데 단신單身으로 상경하였다. 당시 많은 프랑스 시골 젊은이들처럼 먼 친척 집에서 잠시 눈칫밥을 먹으며 직장을 구하려고 노력하였으나 뜻대로 되지 않았다. 다소 진이 빠져갈 때쯤 지하철에서 옆에 앉은 깔끔해 보이는 남자와 잠시 이런저런 얘기를 하게 되었다. 그러다가 직장을 구하고 있다는 얘기까지도 나오게 되었다. 그 남자는 놀란 듯한 표정을 지었다. 자기네 회사가 마침 그녀 같은 사람을 찾고 있으니 관심이 있다면 다음 날 찾아오라고 주소를 써주었다. 감사를 몇 번 표하고 뒷얘기를 좀 하다, 그 남자는 어느 역에서 먼저 내렸다.

그녀는 기쁜 마음으로 친척 집에 돌아와 너무 흥분한 나머지 다음 날까지 참지 못하고 친척에게 이제 곧 직장을 구할 것 같다고 얘기해 버렸다. 그리고는 직장을 구하면 조속히 친척 집을 떠나겠다고 해버렸다. 사실 좁은 집에 장성한 처녀가 신세를 지고 있으니 서로 간에 불편한 점이 그동안 한둘이 아니었다. 빨리 떠나야 한다는 강박관념에 성급하게 소식을 전해버린 것이었다. 계속 즐거운 마음으로 다음 날 입고 갈 옷도 고르고 면접 연습도 했다.

다음 날 찾아오라고 했던 장소를 이리저리 헤매며 찾다 그래도 늦지 않게 도착하였다. 파리에 갓 올라온 사람이고 건물이 뒷길 가에 있어 찾는 데 꽤 애를 먹었다. 드디어 건물 1층에 있는 알려준 호수의 방문을 얌전하게 두드렸다. 얼마간 반응이 없었다. 다시 한번 좀 세게 두드렸다. 이때 속에서 들어오라는 소리가 들렸다.

문을 열고 들어가니 책상과 소파 등 응접세트가 놓여있어 사무실 느낌을 주었다. 거기에 다소 험상궂어 보이는 덩치 큰 남자 둘이 있었다. 순간 멈칫했으나 그렇게 찾던 직장 때문이니 배에 힘을 주며 물었다.

"저…, 어느 분 소개로 면접 보러 왔습니다."

책상에 앉아 있던 남자가 거만하나 나름 반색하며 그녀의 위아래를 적나라하게 훑었다. 기분이 점점 이상해졌으나 그때 얹혀살고 있고 불편하기 짝이 없던 친척 집과 다 떨어져 가는 수중의 돈을 생각하고는 이를 꽉 물었다. 그럼에도 불구하고 머리 한구석에서는 레스토랑이나 제과점 관련되는 일을 하는 곳인가에 대한 의문이 떠나지를 않았다.

남자가 의심하는 것을 짐작하듯이 투박한 말투로 원하는 일과 바라는 보수 등을 물었다. 다소 안심하며 그에 맞는 대답을 했다. 듣더니 아래 지하에 관련 시설이 있으니 내려가서 보고 더 이야기하자고 하였다. 순간 그녀는 뭔가 이상하다는 생각이 다시 강하게 들었다. 왜냐하면, 들어올 때 지하를 알리는 간판 같은 것을 본 적이 없기 때문이다. 그러나 직장을 구해야 한다는 절절한 소망 때문에 생각만으로 포기할 수 없었다. 거기다가 이제 밖으로 다시 나가려 해도 나가기 쉽지 않은 상황이었다. 그녀의 잘못된 짐작인지는 모르나 두 거구의 남자가 그녀를 은근히 둘러싼 느낌이 들었다. 별수 없이, 그러면서도 용기를 내서 책상에 있던 남자를 따라 저쪽 구석에 있는 지하로 내려가는 계단을 내려갔다. 그녀 뒤로는 소파에 있던 남자가 따랐다.

지하로 내려가니 좁은 복도의 양쪽에 두 방이 보였다. 그중 한 방의 문을 여는 남자의 뒤를 따라 들어간 방 내부는 우려했던 대로 레스토랑이나 제과점과는 너무 관계가 없어 보였다. 대신 침대가 덩그렇게 보였고 조잡한 장과 응접세트가 전부였다. 물론 구석에 화장실인 듯한 공간도 보였다. 너무 놀라 뒤로 움칠하는데 그녀 뒤를 따르던 남자와 부딪쳤다. 완전히 포위된 양상이었다. 갑자기 그녀를 앞에서 안내하던 남자가 그녀를 우악스럽게 번쩍 들어 침대에 거의 던지듯 했다. 그다음으로는 두 거구의 남자가 달려들어 그녀의 옷을 벗겨버리고 앞에서 안내했던 남자부터 차례로 그녀를….

순식간에 벌어진 일이었고 그들의 위세에 눌려 반항 한 번 제대로 하지 못했다. 그녀는 지금 상황이 자기 일이 아니라 무슨 범죄소설을 보는 듯한 환상에 빠졌다. 결코, 그

과거와의 네 가지 해후

녀에게 벌어진 일 같지가 않았다. 자신의 몸이 철저히 유린당하고 있는데도. 그녀는 갑자기 현실로 돌아오며 문득 이자들이 이런 후에 자기를 죽여 버리는 거 아닌가 하는 생각조차 들자 그 두려움에 반항의 마음마저 완전히 사라지게 되었다.

여기까지 얘기를 들은 알퐁스는 그녀의 얼굴을 제대로 쳐다보지도 못하며 산화된 뱅루즈 한잔을 한꺼번에 마셔 버렸다. 이런 예쁜 여자가 그런 일을 당했다는 것이 믿기지 않았고, 그런 일을 당하고서도 이런 아름다움을 유지한다는 게 상상이 되지 않았다. 심지어 그녀가 무서워지기 시작하였다. 동시에 너무 안타깝고 몹시 화도 났다.

"너는 이제 우리 소유야. 이곳에서 머물며 우리가 시키는 대로 해야 해. 식사는 그래도 좋은 거로 줄 거고 경우에 따라 돈도 줄 거야. 네가 원하는 직장을 구한 셈이지."
그녀를 앞서서 안내했던 남자가 무섭게 그리고 야비하게 협박하였다. 그러나 무슨 말을 하는지 귀에 들어오지도 않았다. 죽고 싶은 심정이나 한편으론 죽이지 않은 것에 안도하는 한심한 심정이었다.

그 후로 며칠간 그야말로 지옥이었다. 두 남자 아니 두 놈이 매일 괴롭혔다. 어느 날은 지하철에서 만났던 깔끔해 보이던 놈도 나타나 가세하였다. 이젠 울음도 안 나왔고 시체처럼 그냥 누워있었다. 며칠이 지나자 손님인 듯한 남자들이 하루에도 몇 차례 나타났다. 주로 젊은 남자들이 었으나 나이 든 남자도 있었다. 자기는 창녀가 아니라 납치된 여자라고 아무리 말해도 들어주지 않았다. 엿새째인 가에도 손님이 여럿 왔다.

그중 한 남자가 나이도 좀 있고 인상이 좋아 보여 사정 애기를 하였다. 그 남자가 움칠하는 것 같았다. 기회를 놓치지 않고 정말이라고 빌며 부탁하였다. 그 남자는 점점 진지해지며 그녀의 말을 하나하나 다 듣고 이해가 안 되는 것은 질문까지 하였다. 그 상황에서 오래 애기할 수는 없었으나 그 남자는 거의 이해한 듯했다. 부디 나가면 경찰에 신고하여달라고 하고 나중에 신세 꼭 갚겠다고 얘기했다. 그는 고개를 끄떡이며 그동안 잘 견디라고 손을 꽉 잡

아주고 나갔다. 꿈을 꾸고 있는지 몇 번을 확인하였으며, 그녀는 부디 그 남자가 말했던 대로 처리할 수 있기를 기도하고 다시 기도했다.

그다음 날도 평소와 다름없이 하루가 시작됐다. 그런데 얼마 후 위층이 시끄러운 듯했다. 혹시나 그 남자가 고맙게도 경찰에 잘 연락해주었나 생각이 들었다. 위층이 계속 시끄럽더니 결국 지하로 여러 명이 내려오는 소리가 났다. 혹시나 하는 마음으로 기다렸다. 쟈크린이 있는 방의 문 앞에서 웅성거렸다. 드디어 문이 열리고 그녀를 제일 괴롭히던 남자를 앞세우고 여러 명의 경찰이 들어섰다. 눈물이 절로 났다. 감격과 고마움 때문이었다.

경찰에 체포된 두 짐승을 잠시 쩨려보았다. 그런다고 일주일 전으로 돌아갈 수는 없으나 그렇다고 소리 지르고 울고불고할 생각도 전혀 없었다. 프랑스 남부 미녀의 자존심이었다. 하여간 홀가분하게 그곳을 나섰다. 경찰에서 같이 가서 조서를 작성하자는 것을 너무 답답하니 우선 파리의 하늘과 햇살, 그리고 공기를 마시고 간다고 하였다.

물론 파리의 황금빛 가을 냄새도 맡은 후. 경찰에 들러면 친척 집에 잠깐 가서 단출한 짐을 챙긴 다음 바로 고향인 프랑스 남부 마르세유 근교로 내려가겠다고 했다.

소설은 그림으로 치면 추상화와 같다. 마음 가는 대로 종횡무진 붓을 놀린다. 그러나 당연히 그 안에 질서가 있다. 현실에 상상이 더해지고 깃털보다 더 세밀한 묘사가 덧붙여진다. '소설 같은 이야기'는 그래서 재미와 현실감이 있다. 그런데 현실은 아니었다. 쟈크린이 고통받고 절망하고 느꼈던 것을 어찌 다 묘사할 수 있겠는가. 자기 삶의 한 부분처럼.

'네가 태어났을 때
너는 울었지만 세상은 기뻐했다.
그리고 네가 죽을 때
세상은 울겠지만 너는 기뻐할 수 있는
그런 삶을 살아야 한다.'

이 말이 그녀에겐 너무 공허하게 다가왔다. 갑자기 본인의 의사와는 전혀 관계없이 그런 삶이 사라져버렸다.

쟈크린의 얘기를 듣는 동안 알퐁스는 아무 말도 할 수가 없었고 미동조차 하지 않았다. 단지 많이 산화된 뱅루즈나 가끔 발작적으로 마실 뿐이었다. 얘기가 끝난 후에도 꽤 긴 침묵이 그들을 감싼 공간을 짓눌렀다. 얼마 후 그녀가 작은 목소리로 입을 열었다.

"너무 놀라고 실망하셨죠? 저하고 관계를 그만 끝내도 할 말이 없네요. 좀 더 관계가 진행되기 전에 말씀드려야겠다고 생각했어요. 그런 일과 전혀 다른 세계에서 사는 분 같아서요. 저 스스로 생각해도 엄청나고 황당한 일이니…"

그는 여전히 아무 말을 안 했다. 너무 놀라 얼어붙은 것 같았다. 얼마 후 입을 열었다.

"고생이 많았어요."

이 말이 흘러나온 말의 전부였다. 그녀가 그의 아파트를 나설 채비를 하자 그는 잘 가라는 말 대신에 그녀의 손을 잡았다. 어찌 보면 당연하게.

"지금 지하철도 없는데 어디를 가요? 아무 일 없었던 듯이 여기서 자고 가요. 그때와 같은 일은 전혀 없을 테니."

그녀가 빙긋이 웃으며 도로 식탁에 돌아와 앉는다.

"남은 뱅루즈 다 마시고 제 침대에서 자요. 저는 밖에서 잘게요. 미녀에게 좋지 않은 침대를 양보하게 되어 미안하고 영광이에요. 지나간 일은 지나갔고 내일 일은 내일 얘기해요."

쟈크린은 그런 놀라운 얘기를 들었는데도 마음 쓰는 그가 고마웠다. 그러나 그와의 관계를 솔직하게 그리고 아름답게 지속하기 위해 한 얘기인데 그의 너무 놀란 표정을 보니 무언가 불길한 생각이 드는 것도 사실이었다. 하여간 그녀의 마음은 평안해졌다. 잠도 잘 잤다.

다음 날 아침 일찍 알퐁스는 대학 연구실에서 회의가 있어 헐레벌떡 집을 나갔다. 쟈크린은 레스토랑이 근처이니 출근하는 데 여유가 많았다. 여기서 먼 자기 집에 갔다오면 시간만 낭비하니 그냥 알퐁스 집에서 좀 더 쉬다 출근하기로 하였다. 미안하여 집 청소나 설거지를 좀 해주다 보니 알퐁스와 결혼한 것 같은 착각이 들었지만 이내 고개를 흔들었다. 다 깨진 듯한 그릇을 놓고 별 상상을 다하고 있었다.

쟈크린은 전날 밤에 그가 보인 사랑은 아닌 듯한 친절이 무엇을 의미하는지 알 것 같았다. 다시금 그녀의 마음은 평온을 찾아갔다. 작은 아파트라 그런지 할 일을 다 했는데도 시간이 많이 남았다. 갑자기 졸음이 몰려오기 시작하였다. 긴장이 풀어져서 그런 듯했다. 쟈크린은 출근하려면 아직 시간 여유도 있고 하여 좁은 거실에 놓인 낡고 크지 않은 소파에 몸을 누였다. 많이 졸렸던 탓인지 금방 잠이 들었다.

그들 둘은 결혼을 하였다. 그러나 무슨 이유로 곧 헤어졌다. 어딘가에 애들이 뛰어놀고 있었다. 애들의 명랑한 소리가 명료했다. 꿈이었다. 아파트 밖 거리에서 뛰어노는 애들 소리에 깨어난 꿈이었다. 얼핏 시계를 보니 제법 잔 모양이다. 화장하고 출근하려면 서둘러야 하는 시간이었다. 벌떡 일어나 서둘러 욕실로 들어갔다.

　알퐁스는 생각보다 길어진 아침 회의가 끝난 후 커피를 한잔 들고 실험실로 돌아왔다. 회의내용을 정리해야 하는데 회의 동안 참았던 쟈크린에 대한 생각이 밀물처럼 몰려들었다. 큰 충격이었다. '그리 예쁜 여자한테 그런 일이…? 아니 그리 예쁘니까 생긴 일인지도…? 그래, 그 아름다움 때문에 오히려 몸이 망가진 거야. 그만 만나야 하나, 그런 일을 알고도 계속 만날 수가 있을까?'

　그런 일을 스스로 일부러 얘기했다는 것은 더 진정성이 있는 여자이고 알퐁스를 특별하게 생각한다는 의미일 수 있었다. '혹시 동양계 유학생이라 나를 다 받아줄 남자로 판단하여 그랬나?' 알퐁스는 혼란스러워 커피를 연속으로 두 모금 마셨다. 사실 아직 결혼 같은 거 생각할 단계는 아니지만, 계속 만나면 결국 결혼을 생각해야 하는 게 순리이므로 잘 판단해야 한다는 생각이 들었다.

　'그렇게 예쁘고 착한 프랑스 여자를 만난 것도 엄청난

행운인데 아무리 충격적 흠결이 있더라도 내가 거두어야 하는 것이 아닌가? 아니야, 나중 사이가 좀 틀어지면 그 탓을 할지도 모르고 의심도 하면서 결국 문제가 될 수가 있어.'

알퐁스는 두 생각 사이에서 진동을 하다 결국 남은 커피를 벌컥 다 마셔버렸다. 이 끝이 없는 진동은 어쩌면 그가 아직 그녀를 온 가슴을 다해 사랑하는 단계가 아니라는 증거일 수도 있었다. 알퐁스는 결국 그녀를 만났을 때 마음 가는 대로 하자는 다소 기이한 결론에 도달하였다. 운명을 다시 운명에 맡긴다는 기이함….

그녀가 아직 그의 아파트에 있을지 모른다는 생각은 했으나 당장 할 일도 있고 지금 만나봐야 전날 밤의 그 충격과 어색함의 연장선일 수가 있어 급하게 가지 않기로 했다. 마음이 더 정리되면 그녀가 일하는 레스토랑으로 가는 것이 좋을 듯했다.

쟈크린은 헐레벌떡 그의 아파트를 빠져나왔다. 열쇠는

그가 얘기한 장소에 두었다. 화장실에서 잠시 여유를 부렸더니 그리되었다. 알퐁스는 대학에서 일이 바쁜지, 그녀를 일단 피하는 건지, 그녀가 나갈 때까지 들어오지 않았다. 들어올 수도 있는 시간 같은데도. 쟈크린은 어제 너무 충격이어서 시간이 필요할 거라는 생각을 하면서도 역시 자신의 생각이 옳았다고 점점 단정을 짓기 시작하였다.

레스토랑에서는 항상 그렇듯이 숨 돌림 틈 없이 바빴다. 잠시 한가할 때 혹시 그가 레스토랑 문을 들어올 것 같아 문을 힐끗거렸으나 그는 끝내 모습을 보이지 않았다. 기진맥진한 상태에서 쟈크린은 일이 끝나자 멀리 떨어져 있는 집으로 정신없이 돌아왔다. 오는 길에 그의 아파트에 불이 켜져 있는 것을 보면서.

그렇게 둘은 얼마간을 각자의 일만 하며 철저히 연락도 없이 지냈다. 사실 각자의 직장으로 전화하는 것밖에 연락수단도 마땅치 않았다. 그러던 어느 날 저녁 드디어 알퐁스가 쟈크린이 일하는 레스토랑에 모습을 드러내었다. 그녀가 마침 주문받으러 갈 상황이라 그의 테이블로 갔다.

서로 어색하게 웃는 가운데 그는 항상 먹던 대로 간단한 메뉴를 주문하였다. 그녀가 뱅루즈를 따라주러 왔을 때 그가 나지막이 말했다.

"이따 끝나고 내 아파트로 올 수 있어요? 얘기 좀 해야 하지 않겠어요?"

그녀는 조건반사처럼 금방 말이 나왔다.

"이제 별 관계도 아닌 것 같은데 왜 오밤중에 두 남녀가 좁은 아파트에서 만나요? 휴일에 시내 어디서 만나야죠."

이런 경우에 대비해서 그녀가 나름 준비했던 말과는 전혀 다르게 말이 나왔다. 그것도 술술. 말하는 그녀 자신도 잘 이해가 되지 않았다. 알퐁스는 그러자고 하고 어디서 언제 만날까 생각을 하며 앞에 놓인 잔에 남은 뱅루즈를 다 마셔버렸다. 그녀에게 한잔 더 하겠다는 신호를 보내고 새 잔에다 뱅루즈를 따라주는 그녀와 약속을 정하였다.

알퐁스는 적당히 마시고 먹고 아파트로 돌아왔다. 좀 취기도 오르고 정신적으로 피곤하여 낡고 크지 않은 거실

소파에 일단 누웠다. 참 알 수가 없는 여인이었다. 많이 친해진 줄 알았더니 다시 처음으로 돌아가 버렸나. '여자들은 다 그런지, 이 프랑스 여인만 그런지…?' 이런저런 생각을 하다 거기서 그대로 잠이 들었다. 꿈결에 누가 문을 두드리는 것 같았다. 당연히 아무런 반응 없이 소파에 그대로 누워있었다. 꿈이니까.

그런데 조금 정신을 차리니 아무래도 현실인 것 같았다. 알퐁스는 급히 일어나 문으로 다가가 누구냐고 물었더니 그녀였다. 이거는 무슨 조화인가 싶고, 잠결에 잘못 들었는가 싶어 다시 확인해도 마찬가지였다. 알퐁스가 급하게 문을 여니 쟈크린 그녀였다. 우선 안으로 들어오게 했다. 쟈크린은 문 앞에서 한참을 기다렸다고 했다. 알퐁스가 잠이 깊게 들었던 모양이었다.

"무슨 일이에요? 아까 분명 휴일에 시내 거기서 만나기로 하지 않았어요? 내가 술이 좀 취해 잘못 들었나요?"
알퐁스는 그녀한테 앉으라는 소리도 하지 않은 채 아니 잊은 채 질문을 던졌다. 그녀는 알퐁스의 말이 다 맞는데

과거와의 네 가지 해후

집에 가다 그냥 생각이 달라져서 들려봤다고 했다.

"그냥 가라고 하시면 가고요."

그리고 다른 할 얘기도 있다고 했다.

다른 할 얘기가 있다는 말에 알퐁스는 정신이 번쩍 났다. 전에 들었던 얘기가 충격이 대단해서였을 것이다. 그런데 더 충격적인 얘기도 있다는 말인가. 일단 그녀를 식탁 의자에 앉게 하였다. 전과 동일한 상황이 되었다. 공간적으로 시간적으로나. 물론 날짜는 며칠 달라졌으나. 데쟈뷰.

작은 식탁 위에 싼 뱅루즈와 약간의 안주 거리가 놓였다. 서로에게 뱅루즈를 따라주고 가볍게 건배도 했다.

"무슨 얘기이든 해봐요. 더 놀랄 일도 별로 없을 테니."

알퐁스의 말에 그녀는 몇 번 망설이다가 뱅루즈 한잔을 다 들이킨 후 얘기를 시작했다. 그를 믿고 솔직하게 얘기한다는 말을 몇 번이나 한 후에.

그 사건 직후에 쟈크린은 남자라면 모두 짐승으로 보이곤 했단다. 충분히 이해되는 얘기였다. 남자들 많이 있는 곳에는 갈 생각도 못 하고 잘 모르는 남자 곁에는 무조건 가고 싶지 않았다고 했다. 그러더니 얼마 후부터 그때 단기간에 경험한 꽤 많고 다양한 섹스가 오히려 생각나기 시작했다는 또 다른 충격적인 얘기를 하였다.

아무래도 다시 사귀는 게 낫겠다고 생각해서 고민 끝에 그날 레스토랑에 찾아간 알퐁스에게 그녀의 말은 날벼락과 같았다. 휴일에 만나기로 해놓고 오늘 갑자기 찾아온 것도 그런 정욕을 못 이긴 탓이 아닐까 하며, 만약 그렇다면 이는 아름답지 못한 모습이라는 생각이 들었다. 물론 아름다움이란 말이 여기에 정확히 맞는 표현인지는 모르겠으나, 알퐁스는 어쩌다가 이 착하고 예쁜 여자가 이렇게 되었는지 안타까웠다. 그 못된 남자들 때문인지, 그녀의 본성이 터진 것인지 알퐁스는 알 수 없었다.

알퐁스는 당황할 수밖에 없었고 그앞에서 쟈크린은 술 취한 어조로 말했다.

"우리 관계를 잘 유지하고 싶어요. 혹시 그게 싫으면 우리 육체적인 관계로라도 남았으면 좋겠어요. 사랑을 잃지 않으려면 더 많이 사랑해주는 수밖에 없는 거 아니에요?"

알퐁스는 순간적으로 정 그렇다면 부담 없이 프랑스 금발미녀 몸이나 잔뜩 경험해 볼까 하는 본능적인 생각이 머릿속에 차올랐다. 그러나 그의 사고와 정서는 금방 부정적이 되었다. 혼란의 연속이었다.

"나야말로 얼마 전까지처럼 잘 지내고 싶어서 더 좋은 관계로 발전시켰으면 하고 오늘 레스토랑에 찾아간 사람이에요. 그러나 지금 쟈크린 얘기를 들으니 그 범죄자들을 연상하는 당신과는 그런 행위를 할 수는 없을 것 같아요. 아무리 당신이 아름답고 착하다고 하더라도."

둘은 더 이상 말없이 자기 앞에 놓인 뱅루즈를 마시기 시작했다. 두어 잔씩을 마시자 취기도 올라오고 피곤이 엄습해왔다.

"더 이상의 얘기는 내일 나눠요. 내일 좀 늦게 가도 되니. 얼마 전처럼 내 침대에 가서 자요."

다소 비틀거리며 침대가 있는 방으로 들어가는 금발미녀가 알퐁스 눈에는 화사해 보이기는커녕 추하기도 하고 너무 불쌍하고 안쓰러웠다. '한순간의 범죄가 착하고 순진

한 아름다움을 저렇게 변화시키는가? 아니면 본성적으로 그런 그녀를 그 짐승들이 화산처럼 터트린 건가?'

그녀가 방으로 들어간 후에도 알퐁스는 혼자 식탁에 앉아 뱅루즈를 더 마시며 그날 벌어진 일을 이리저리 생각하다 얼마 되지 않아 소파에 무너져 버렸다. 알퐁스는 나중에야 어떻게 되든 간에 프랑스 미녀를 품어버릴까 하는 욕망도 스쳐 지나갔으나 불행인지 다행인지 그대로 잠들어 버렸다.

아침에 알퐁스가 먼저 일어났다. 간단히 커피를 비롯한 아침을 준비했는데도 쟈크린은 방에서 일어난 기색이 없었다. 갑자기 이상한 생각이 들어 급하게 방문도 두드리고 별일 없는지 소리도 쳤다. 그래도 별 반응이 없었다. 당황하여 방문을 열려는 찰나에 안에서 그녀 목소리가 났다. 이제 일어났으니 걱정 말라고 했다. 그럴 리는 없다고 생각했으면서도 한편으로는 나쁜 상상을 안 할 수가 없었다.

둘은 간단히 아침을 먹고 커피를 두어 잔 마시며 전날

밤의 얘기를 이어 나갔다.

"실망이 컸죠? 어제."

"실망보다는 계속 놀랐어요. 그때 충격이 얼마나 컸으면 그럴까 하는 생각이 드니 그 범죄자들이 너무 가증스러웠어요. 이 착하고 아름다운 쟈크린을 이리 만들었으니…."

그녀는 점점 솔직해졌다.

"꼭 그렇지만은 않아요. 물론 짐승 같은 그들이 도화선이 되었으나 제 속에도 뭔가가 있었던 것 같아요. 속에 있던 야릇한 기운이 서서히 폭발한 것 같아요. 이를 어쩌지요? 어느 때는 감당하기 너무 힘들어요."

그녀는 아침부터 점점 상기되고 야릇한 표정을 지으며 말을 이었다.

"책임지라는 소리 따위는 안 할 터이니 우리 육체적인 관계로라도 남았으면 좋겠어요. 기왕이면 어떤 연으로든 지금 만나고 있고 서로 호감을 가지고 있는 알퐁스 당신과 그렇게 되었으면 좋겠어요."

일순간 그도 솔깃하고 갑자기 정욕이 그의 머리를 강하

게 자극하였으나 동양의 조선인이라는 생각과 아프리카에서 성실하고 정결하게 봉사하며 살아가는 부모 얼굴이 순간적으로 떠올랐다. 알퐁스는 이성적으로 이건 아니라는 생각에 뜸 들일 것도 없이 내뱉었다.

"미안합니다. 건전한 애정 관계를 원해요. 그러다 선남선녀처럼 정상적으로 결혼하게 되면 더 좋고요."

알퐁스의 단호하나 순정적 대답에 쟈크린은 더 이상 말을 잇지 못하고 대신 커피를 입에 대었다. 그의 말이 쟈크린 귀에는 아름다움을 포착하기만 할 뿐 삶의 비애에 대해서는 무관심하다는 얘기로 들렸다. 둘 사이에 얼마간 정적이 흐를 수밖에 없는 상황이 되었다.

쥐죽은 듯한 분위기를 그녀가 깨뜨렸다.

"프랑스 젊은 여자가 자존심을 다 죽이고 얘기하는데도 어찌 그리 단호하고 매정스러운가요? 망설임도 별로 없이."

그는 잠시 머뭇거릴 수밖에 없었다. 그녀가 이렇게 읍소하듯이 나오니 차마 눈을 들어 그녀를 볼 수 없을 지경이었다. 그러면서 다시 한번 생각을 가다듬었다. 순간적으로

과거와의 네 가지 해후

이렇게 원하는데 응해줄까 하는 마음이 생기기도 하였다. 삶은 머리로 생각해서 결정되는 것이 아니라 동물적인 본능이 우선하고 생각은 나중에 하는 경우도 많다고 생각하면서. 하지만 본능적 행위 자체로 끝나지 않는다는 것을 뻔히 아는 이상 쉽게 욕구에 따를 수도 없었다. 다시 혼란스러웠다.

예나 지금이나 당위라는 것은 힘이 세다. 사람을 침대에 누이고 키가 침대보다 크면 팔다리를 잘라내고, 작으면 억지로 몸을 늘려 죽였다는 그리스 신화 속 프로크루스테스 침대처럼, 당위는 누군가를 절단 내고 지배할 수도 있는 일이다. 하지만 억압적인 당위를 인식한다고 해서 곧장 그것을 깨고 빠져나올 수 있는 건 아니다. 합의된 평균치 바깥에 서는 일은 결코 쉽지 않았다.

어느덧 점심시간이 다 되어갔다. 심각하고 중요한 얘기에 시간 가는 줄 몰랐다.
"여기까지 얘기하고 정리 좀 한 후 점심 먹으러 나가죠. 식사 후 나는 대학 연구실에 가봐야 하니 나중에 더 얘기해요. 전처럼 다시 아파트로 돌아오셔서 좀 더 있다가 출근하세요."

알퐁스의 말에 그녀는 할 수 없이 고개를 끄덕였다. 얘기를 끊은 그가 야속했으나 직장에 가야 한다는데 어쩔 도리가 없었다. 자존심도 다시 고개를 쳐들었고.

멀지 않은 지하철역 근처에 있는 작은 레스토랑으로 가기로 하고 밖으로 나섰다. 둘이 나란히 나선 모습만 얼핏 보면 프랑스 미녀와 동양 청년의 시대를 앞서가는 멋있는 어울림이었다. 알퐁스는 갑자기 수년 전 영국의 극작가 조지 버나드 쇼가 발표해서 크게 화제가 되었던 '피그말리온'이라는 희곡이 생각났다. 사실은 갑자기가 아니라 나름 계속하던 고민의 소산일 수도 있었다.

피그말리온은 그리스신화에 나오는 키프로스의 왕으로 자기가 만든 조각상에 반한 조각가이기도 했다. 여성을 혐오해 결혼할 마음이 없었던 피그말리온은 대신 뛰어난 자신의 조각 솜씨를 발휘해 상아로 여인상을 만들었다. 실물 크기의 이 여인상은 세상의 어떤 여자보다도 아름다웠

　　　　　　　　　　　　　　과거와의 네 가지 해후

다. 피그말리온은 이 여인상에 이름까지 붙이고 사랑했다.
아프로디테 축제일에 피그말리온은 이 여인상 같은 여인
을 아내로 삼게 해달라고 기원했다. 그의 마음을 헤아린
아프로디테는 조각상에 생명을 불어넣어 주었다. 피그말
리온은 인간이 된 그 여인상과 결혼했다. 그런 연유로 이
런 선물을 가리켜 '피그말리온 선물'이라고 하게 되었다.

사람은 일관성에 강한 충동을 받기 때문에 어떤 선물
은 그 사람의 생활방식까지 바꿔놓을 수도 있다. 도무지
책을 읽지 않는 애인에게 책 선물을 했다면 그건 공부 좀
하라는 은근한 표현이다. 남편이 아내에게 섹시한 속옷을
선물했다면, 그건 아내가 섹시해질 걸 요청하는 의미이다.
반대로 아내가 남편에게 보약을 선물했다면 그건 남편이
좀 더 강해지기를 요청하는 것으로 볼 수 있다.

알퐁스는 쟈크린에게 피그말리온 선물을 한다면 그녀가
자기 이행적 예언으로 받아들여 이 선물 하나가 그녀를
아니 그들의 사랑을 시작할 때처럼 정상적인 것으로 바꿀
수 있을까 하는 생각도 해보았다. 그 의미는 그녀가 처음

의 모습으로 돌아올 수만 있다면 그에게는 과분할 정도로 좋은 여자라는 뜻이리라.

'무엇이 있을까? 그것을 찾기만 하면 그 신화나 연극에서처럼 그녀가 온전해질 수 있을까?'

쇼의 연극에서는 중년의 독신인 음성학자音聲學者가 우연히 만난 꽃 파는 소녀의 심한 사투리를 3개월 내에 고쳐서 후작 부인으로 행세시키는 데 성공을 했다. 그러나 소녀는 집을 나가 그녀의 젊은 숭배자와 결혼했다. 알퐁스는 소녀처럼 된다면 피그말리온 선물이 무슨 소용이겠냐는 생각도 들었다.

두 사람은 대화보다는 각자의 이런저런 상상과 생각 가운데 점심을 먹으며 문제 해결에 별다른 진전을 보지 못했다. 식사가 끝나자 알퐁스는 서둘러 지하철역으로 가 대학 연구실로 향했다. 지하철 역사 앞에 덩그렇게 남겨진 쟈크린은 스스로 한심해졌다. 어떤 면에서는 결벽 비슷한 태도를 취하는 알퐁스를 이해할 수 없기도 하였다.

'얼마나 힘겨운지…

따뜻한 불을 쫴도 내 몸은 따뜻해지지 않고

태양은 더 이상 내게 미소 짓지 않으며

모든 것이 공허하고

모든 것이 차갑고 자비라곤 없으며

사랑스럽고 밝은 별들도

삭막하게 나를 쳐다보네.'

그녀는 가까이 있는 알퐁스의 아파트에 가기 싫어졌다. 거기에 적당히 있다가 직장인 레스토랑에 가기도 싫어졌다. 그냥 지하철역으로 들어가 멀리 있는 집으로 무작정 향했다. 지하철 열차에 앉아 있자니 불현듯 전에 몹쓸 짓을 당하고 친척 집으로 멍하게 돌아가던 생각이 났다. 아무런 연관이 없는데. 그런 생각이 일단 드니 점점 멍해지기 시작했다. 한참 걸려 집에 도착했다. 어떻게 왔는지도 모르게 혼란스러운 상태로 왔고 오자마자 침대에 누워버렸다. 졸린 것이 아니었다. 만사가 귀찮았다.

그러다 퍼뜩 생각이 났다. 프랑스 남부 고향의 맑다 못해 뼈까지 보이는 햇살과 여러 꽃들의 향기. 갑자기 너무도 고향으로 내려가고 싶어졌다. 거기에 조금 있다 보면 다시 파리로 가겠다고 안달할 것을 뻔히 알면서도…. 그녀는 생각을 정리했다.

'아파트를 정리하고 내려가자. 직장에는 아예 그만두는 것이 아니라 좀 있다 다시 오는 거로 얘기해보자. 그러나 알퐁스한테는 절대 아무 얘기도 하지 말자.'

알퐁스는 연구실에서 급하게 할 일을 처리하고 자연스럽게 쟈크린을 생각할 수밖에 없었다. 아니 억지로 눌러 놓은 용수철처럼 생각이 저절로 튀어나왔다는 게 더 맞는 말이었다.

'그녀가 꽤 기분 나쁘더라도 딱 잘라 얘기한 건 잘한 일이야.'

알퐁스는 그렇지 않으면 나중 더 비극적 결말을 맞을 수도 있고, 상황이 어떻게 전개될지 알 수도 없었을 것이라고 생각했다. 그러면서 이지적인 과학자다운 생각이었다고 판단했다.

그는 욕정의 끝이 어딘지 경험이 전혀 없었으나, 그냥 감으로 일개 대학 연구원인 조선인 유학생 출신에게는 왠지 맞지 않는 것 같았고, 감당할 수도 없을 것 같았다. 자신이 겁쟁이고 돈이 많은 것도 아니며 이기적이라 그럴 수도 있었다. 물론 알퐁스는 인간은 단순히 사고하는 존재가 아니라 신체를 통해 세상과 상호작용하며 의미를 소통하는 존재라는 사실은 알고 있었다.

알퐁스가 그녀를 오히려 선도하며 선남선녀로 잘살아갈 수 있을지도 몰랐다. 그러나 과학을 해서 상당히 이성적인 알퐁스의 본능적 판단으로는 왠지 그렇게 순탄하게 흘러갈 것 같지는 않았다. 한편으로 그녀가 문제의 이상한 요구만 안 한다면 그녀 같은 프랑스인 젊은 미녀와 계속 교제를 하는 것은 그에게 꿈에 그리던 아주 행복한 일임에 틀림없었다. 그런데도 알퐁스가 그녀에게 그렇게 얘기한 것은 그로서도 큰 아쉬움이었다. 사실은 막연히 그녀가 그의 말에 따라주어 정상적인 교제가 지속되기를 마음속 깊이 기도했었다.

쟈크린의 아파트는 생각보다 쉽게 정리되었고, 직장인 레스토랑도 언제 돌아와도 원칙적으로 환영한다고 하였다. 앞서 파리를 떠날 때보다 현재의 파리는 그녀에게 훨씬 우호적이었다. 저번에는 피폐할 대로 피폐한 상태에서 쫓기듯이 떠난 것이었고, 이번에는 그녀가 자발적으로 떠나는 것의 차이이기도 했다.

 '하여간 덜 쫓기는 상태에서 다소 여유 있게 파리를 한 번 떠나보자. 뭐가 달라지는지?'

 쟈크린은 막상 파리를 다시 떠나려 하니 망설여지는 점도 없지 않았으나 여기서 이대로 생활을 하다가는 또다시 그녀의 깨어난 욕정 때문에 남자를 찾는 일에 몰두할 것 같았다. 그러다 보면 전의 그런 나쁜 놈들 비슷한 남자를 만날지 모른다는 걱정도 들었다.

 '고향에 가면 병원에 다니며 심리치료를 받아보자. 하늘을 쓱쓱 문질러 구름 같은 마음의 그 부분을 지우고 나면 하늘이 말짱해질 것 같긴 한데….'

 사실 쟈크린은 알퐁스가 아무런 잘못이 없고 오히려 고

마운 점이 많다는 것을 알고 있었다. 그러나 이렇게 행동하고 그에게 알리지 않는 것이 결국 그녀 자신이나 그를 위하는 일이라는 것을 알면서도, 괜히 그에게 서운하였다. 그게 여자의 자존심 때문이었는지 그냥 야속한 마음이었는지는 자신도 알 수가 없었다.

'끝이 언제인지 모르는 길을 가고 있습니다.

매일 새날 새 아침을 맞는데

안개인지 구름인지

앞길이 잘 보이지 않습니다.

그래도 절망하지 않고

기운 잃지 않고

발걸음을 힘차게 내딛는 것은

누군가가 기다리고 있을지도 모르기 때문입니다.'

서로 여러 날 연락이 없었다. 어쩌면 당연한 귀결이었다. 어찌할 수 없었기는 하나 한편으론 프랑스 미녀의 자존심을 건드린 일이었다. 알퐁스는 자신이 먼저 그녀가 떠날 환경을 조성해 놓는데도 며칠이 지나자 그녀가 생각나고 옆이 시린 상태가 되었다. 결국 그날 저녁 식사를 핑계로 그녀가 일하던 레스토랑에 가고야 말았다. 들어가며 얼핏 둘러보니 그녀는 보이지 않았다.

처음 보는 종업원이 주문을 받으러 왔다. 적당히 주문을 하고 쟈크린이 오늘 비번이냐고 물었다. 그녀는 잘 모르니 다른 종업원에게 물어보고 알려주겠다고 했다. 퍼뜩 이상한 생각이 들었다. 주문한 뱅루즈를 따라주기 위해 다시 온 종업원은 그녀가 그만두었다고 했다. 이미 이상한 생각이 들었으나 현실로 닥치니 머리가 멍해지고 하얘졌다.
'내가 그녀를 사라지게 했어.'

그녀의 뜻하지 않은 소식에 알퐁스는 앞에 놓인 뱅루즈 한잔을 단번에 마셔버렸다. 그 화려했던 사랑은 그 숱한 낙엽도 뚫고 그렇게 파리의 가을 하늘 속으로 까마득하게 날아가 버렸다. 세월은 노래처럼 흐르지 않으리라. 음악도 뚝 끊기며 롱쇼트 안의 액자형 화면에 그를 가두고 끝이 나버렸다.

'내가 그대를 생각함은

항상 그대가 있는 곳에서

바람이 부는 일같이

사소한 것이나

언젠가 그대가

한없는 괴로움 속을 헤맬 때

한참 동안 쌓아놓은

그 사소함으로

천사 같은 그대를

조용히 불러보리라.'

2부

그의 겨울은, 흑진주의 여름

◈

　알퐁스는 휴가 때 아프리카에 있는 부모에게 갔다. 1920년대 당시 프랑스의 식민지였던 아프리카 S국이었다. 물론 매번은 아니었다. 너무 멀고 그곳 생활이 편하지가 않았기 때문이다. 물론 대학의 연구 일이 바빠서인 경우도 있었다. 하여간 알퐁스 부모는 항상 성화였다. 얼굴 좀 보고 살자고. 자주 볼 상황이 아닌 거 뻔히 알면서도 사랑을 그런 식으로 표현하는 것 같았다.

　그해 겨울, 알퐁스는 한 이십 일 동안 아프리카 부모에게 갔다. 그곳은 건기였고 더웠다. 적도에 가까워 사시사철이 여름이었다. 수도 D시의 해변 카페에 앉아 하릴없이 더운 기후를 오랜만에 즐기고 있었다. 눈이 확 트이는 활기찬 해변도 즐기고 있었다. 덥기도 하고 자릿값으로 시원한 음료를 시켰다. 그곳은 각종 열대과일이 넘쳐나고 좀 떨어진 G강 강변에는 콜라의 원료가 되는 콜라나무까지 자라고 있었다. 그 열매나 껍질은 이곳에서 결혼 예물로도 쓰이고 있을 정도였다.

그때 어느 흑인 여인이 아니 소녀가 해변을 친구들과 함께 즐겁게 걷는 모습이 그의 눈에 띄었다. 그 소녀는 군계일학이었다. 마치 친구들이 그녀의 시종인 것 같은 느낌이 들 정도였다. 모두 히잡을 안 쓴 거를 보니 무슬림은 아닌 것 같았다. S국의 종교는 이슬람교가 주종이었다. 프랑스의 영향으로 일부 주민은 가톨릭 신앙의 그리스도교도였다.

세상에 수많은 여자들 속에서 스쳐지나도 '아!' 하는 소리가 절로 나오는 여자들이 간혹 있는데 그 소녀가 바로 그런 경우였다. 운이 좋게도 그 소녀가 히잡이나 부르카를 쓰지 않아 미모를 제대로 볼 수 있었다. S국은 많은 부족으로 이루어져 있는데 느낌에 이 소녀는 어느 원주민 부족과 프랑스인의 혼혈처럼 보였다.

그러다가 저쪽 바다 위에 늘씬한 요트가 나타나자 알퐁스는 그 요트와 거기 타고 있는 프랑스인인 듯한 백인 남녀 한 쌍의 모습을 보고 있었다. 카페가 갑자기 시끄러웠다. 좀 전에 보았던 그 소녀 일행이 무더기로 카페에 들어섰다. 알퐁스는 가슴이 뛰기 시작했으나, 아닌 척하고 바다 위 요트를 하릴없이 보고 있었다. 옆 눈으로는 그녀의 모든 움직임을 보고 있었으면서도.

그녀 일행은 뭐가 그리 재미있는지 계속 시끄럽게 떠들고 깔깔거리며 음료를 시켰다. 놀랍게도 그녀는 하필 알퐁스 옆 테이블에 앉았다. 가까이서 보니 운명이라고 부르고 싶을 만큼 예뻤다. 아니 그 이상으로 예쁜 것 같았다. 혼혈이라서 더 그런지.

알퐁스는 숨이 잠시 멎는 듯했으나 아닌 척하느라고 꽤 힘들었다. 그는 이것이 다 숙명이라고 멋대로 생각하고 조금 뜸을 들이다 그녀에게 프랑스어로 말을 걸었다. S국의 공용어는 프랑스어이고 주요 부족 언어도 많이 사용되지만, 그는 그녀가 프랑스어를 잘할 것 같았다.

그녀는 뜻밖에 너무나 부끄러워하며 대답도 하는 듯 마는 듯했다. 무슬림인가 착각할 지경이었다. 사실 아주 시원한 대답을 기대한 것은 아니었으나 외간 남자가 말 건다고 얼른 받아 대답하는 것은 그 당시 여성들의 모습이 아니기는 했다. 이슬람교를 믿던 가톨릭교도이건 간에. 하여간 그는 그녀가 유창한 프랑스어의 동양인에 분명히 관심이 있는 것 같은 느낌을 받았다. 자기 멋대로의 생각이지만.

그는 음료를 다 마시고 운동 겸 산책하러 일어서며 대담하게 그녀를 잠시 보자고 하였다. 안 나오면 말고 하는 심정이었다. 뜻밖에 그녀는 잠시 카페 밖으로 나왔다. 그는 내친김에 내일쯤 시내 나름 유명한 공원이나 카페에서 한번 보자고 제안을 했다. 그녀는 못 이기는 체하며 카페가 좋다고 했다. 그는 떠났고, 그녀는 왁자지껄한 자리로 돌아갔다. 아마 그녀는 친구들에게 놀림을 받았는지도 모른다.

1910년대 중반 제1차 세계대전 당시 아프리카의 이집트, 리비아 및 소말리아에서는 민족 독립운동이 일어났다. 그리고 제1차 세계대전 중 미국 대통령 윌슨이 제창한 민족자결의 원칙은 전후 크게 부각되어 아프리카인에게도 큰 자극을 주었다. 1920년 전후의 아프리카에는 세 가지 주목할 만한 사건이 있었다.

우선, 제1차 대전 이전 독일식민지의 재분할이다. 독일의 패전에 따른 것이었다. 이들 식민지는 국제연맹의 위임통치령이라는 형식으로 카메룬과 토고가 영국, 프랑스 양국에 분할되고, 동아프리카도 분할되어 탕가니카는 영국의 지배를 받게 되었으며 남서 아프리카는 남아프리카 연방의 위임통치령이 되었다.

위임통치제도의 성립에도 큰 역할을 한 '팬 아프리카회의'가 국제적인 조직으로 움직이기 시작하였다. 제1회 파리(1919년), 제2회 런던·파리·브뤼셀(1921년) 등 회의를 거듭한 팬 아프리카회의는 직접 아프리카의 민중을 조직화하는 데까지 이르지는 못했으나 아프리카인의 의식 고양과 아프리카 해방운동에 큰 역할을 하기 시작하였다.

이렇게 아프리카에서 반제국주의적인 민족주의운동이

　　　　　　　　　　　　　　　과거와의 네 가지 해후

활발해졌다. 모로코에서의 독립투쟁과 '리프공화국' 성립, 나이지리아·가나·시에라리온에서 민족주의 정당의 출현과 선거제도 도입, 남아프리카 연방에서 일어난 스트라이크 등 많은 일이 벌어졌다.

S국은 식민지이긴 하나 1887년 이래 프랑스 본국의 지방자치제(코뮌)와 동등하게 취급되었다. 1895년 프랑스령 서아프리카가 하나의 통치단위가 되고 D시가 수도이며 서아프리카의 정치 중심지 역할을 하고 있었다. 제1차 세계대전을 거쳐 원주민 흑인들의 '블랙 아프리카'라는 정치의식이 고조되기 시작한 시점이었다.

아프리카 서부의 N강변에 살던 부족에겐 어느 부족보다 놀랍고 비밀스러운 신화가 있었다. 오래오래 전 암마 신이 그의 첫 번째 발명품인 항아리와 같은 해와 달을 만들었다. 해는 하얀 뜨거움과 여덟 개의 구리 고리로 둘러싸여 있었다. 별들은 암마가 우주 속으로 던진 진흙의 작은 알로부터 태어났다. 지구의 창조를 위해서 별들을 만든 것과 마찬가지로 그는 진흙 덩어리를 움켜쥐고는 우주 속으로 던졌다.

암마는 외로웠고 그래서 그 자신과 함께하기 위해 여성인 지구를 근처에 끌어다 놓았다. 그러나 이는 붉은 흰개미 언덕에 의해 가로막혔다. 그는 이것을 무너뜨리고 지구와 결합했다. 그러나 그 방해는 그들이 결함을 지니게 만들어 쌍둥이들만 태어났고 심지어 자칼까지 태어났다. 이 자칼은 암마에게 근심거리가 되었다.

쌍둥이들은 물과 같았으며 색깔은 녹색이었다. 그들의 위쪽 절반은 인간이고 아래 절반은 뱀 모양이었다. 그들은 붉은 눈과 갈라진 혀, 그리고 마디가 없는 유연한 팔들을 가졌으며 그들의 몸은 물과 같이 반짝거리는 짧은 녹색 털로 덮여있었다. 그들은 여덟 개의 손발을 가지고 완벽하게 태어났다.

이 두 개의 생명은 눔모라 불리었고 그들은 신으로부터 가르침을 받기 위해 하늘나라로 올라갔다. 왜냐하면, 암마는 그들의 아버지이고 모든 활동과 에너지의 원천인 세상의 생명을 그가 만들기 때문이었다. 이 힘은 물이고 눔모는 모든 물속 혹은 바다와 강, 그리고 폭풍우 속에 있었다. 그들은 또한 빛을 가지고 있었으며 그것을 끊임없이 발산했다.

눔모 생명들이 하늘로부터 내려다보고 있을 때 그들은 헐벗고 정돈되지 않은 엄마 지구를 보았다. 그래서 그들은 하늘 식물로부터의 섬유 다발로 지구에 옷을 입혔다. 그 섬유들은 습기가 있었고 눔모 생명의 모든 정수들을 지니고 있었다. 이 옷들로 인해 지구는 언어를 얻을 수 있었다.

신을 기만하고 탄생한 자칼은 그의 어머니인 지구가 언어를 가졌다는 것에 질투를 했다. 그는 언어가 담겨 있는 섬유 치마를 붙잡았다. 지구는 지독한 공격에 저항했고 지구가 개미 언덕으로 상징되었던 그녀 자신의 자궁 속으로 숨었다. 결국, 자칼은 그의 어머니 치마를 붙잡고 말을 하는 힘을 얻었다. 그리고 자칼은 신들에게 절대 신의 계획들을 누설할 수 있었다.

이같이 잘못 태어난 자식의 공격은 지구의 오염을 가져왔고 암마는 지구 없는 살아있는 생물을 창조하기로 결정했다. 그러나 그가 그들 기관을 만들었을 때 눔모 생명들은 자신들의 두 번째 탄생이 사라질 위험에 있다는 것을 알았다. 그래서 그들은 지구위에 남성과 여성의 개요를 그렸다. 처음에 인간들이 태어날 때는 두 개의 영혼을 가지며 남자는 양성兩性이었다. 그러나 남성은 여성의 영혼을 할례를 통해 제거함으로써 진정한 남자가 되었다. 이로 인해 많은 아프리카 종족들이 할례를 정당화하게 되었다.

그 소녀가 선선히 나온다 했더니 다른 소녀와 같이 나왔다. 알퐁스는 둘이 아주 비슷하다고 생각했는데 아니나 다를까 쌍둥이라고 했다. 두 사람은 제과/케이크 만드는 것을 배우고 있다고 했다. 그녀네 일가는 S국 주민 대부분을 차지하는 무슬림이 아니고 가톨릭교도라고 했다. 그래서 그런지 그녀는 기회만 되면 대표적 가톨릭 국가이고 S국의 종주국인 프랑스 파리에 가서 제과/케이크 만드는 것을 제대로 배우고 싶다고 했다. 그런 후 파리에서 그런 일을 직업으로 하는 게 소망이라고 했다. 그런 점에서

과거와의 네 가지 해후

제법 유창한 프랑스어를 구사하는 동양인의 만나자는 요청에 쉽게 응한 것도 같았다.

그녀들은 알퐁스가 진짜 프랑스에서 왔고 식품 과학까지 전공한 연구원이라는 것을 알게 되자 거의 백마를 탄 왕자를 본 듯한 표정을 지었다. 더구나 그의 부모가 이곳에서 헌신적으로 봉사하고 있는 유능한 의사 부부라는 얘기까지 듣자 거의 알퐁스의 팬이 된 듯했다. 하여간 너무 예쁘고 인위적인 구석이라고는 한 톨도 없는 그런 소녀들이었다. 알퐁스는 점점 소녀들이 여인으로 보이기 시작하였다. 특히 그가 처음 만났던 안느는 목소리도 아름답고 여러 언어를 유창하게 하여 더 매력적이었다.

무슬림이 아니라고 하더라도 남녀 관계에 엄격한 이 무슬림 주종의 아프리카 식민지 사회라서 그런지, 그녀도 남녀 관계에 매우 보수적이었고 부끄러워했다. 남이 볼까 조심도 많이 했다. 한번 카페에서 만난 이후로 그들은 거의 매일 만났다. 그가 S국에 있는 날이 정해져 있어서 더 그랬다. 어느 날은 혼자, 다른 날은 쌍둥이와 만났다. 단둘이 만날 때도 안느는 손도 못 잡게 했다. 알퐁스도 이 사회를 이해하고 지켜주려고 노력하였다.

그런데도 문제가 생겼다. 그로서는 참 황당한 일이었다. 어느 날 쌍둥이 두 사람을 만났는데 안느가 불쑥 고백 겸 상의를 하였다.

"먼 친척뻘 되는 청년이 저를 1년이나 따라다니며 겁박하고 있어요. 그런데 아무도 저를 도와주지 않아요. 그 사람이 유명한 건달이라서 그런지. 생각 같아서는 알퐁스 따라 그냥 파리로 갔으면 한이 없겠어요."

이러니 파리로 돌아갈 때까지 당연히 거의 매일 만날 수밖에 없었다. 물론 그 일이 없어도 상황은 마찬가지였겠으나.

안느는 그에게 부탁하였다. 시내 유명 카페나 언제라도 둘이 있을 때 그 건달을 마주칠 수 있으니 자신의 애인인 듯 행동해 달라는 것이다. 좀 겁이 나더라도 말이다. 프랑스에 있는 사람이고 부모가 여기서 존경받는 분들이라 함부로 못 할 거라는 예측이었다. 그러면 자기 따라다니는 짓을 그만두거나 좀 덜할지 모른다는 논리였다. 그리고 나서 시원한 과일 음료 한잔을 마시며 파리 생활을 얘기하는 중이었다.

일단의 흑인들이 카페로 들어오는데 꽤 시끄러웠다. 안느가 흠칫하며 말했다.

"그 사람이에요. 오늘 느낌이 그렇더라니…."

괜히 부딪힐 거는 없어 일단 조용히 나가려는데 갑자기 머리 위에서 시끄러운 소리가 났다. 본능적으로 고개를 드니 아까 들어온 왈패 중에 그녀가 말하던 남자였다. 그녀가 급히 끼어들어 자기네 부족어로 둘이 얘기를 나눴다. 간간이 언성도 높아졌다.

가뜩이나 시끄러운 목소리에 언성까지 올라가니 카페 분위기는 엉망이 되었다. 그런다고 알퐁스 혼자 나가버릴 수는 없었다. 알퐁스는 일방적이긴 하나 그녀와 한 약속이 있었고 나갈 기회도 놓친 것 같아 당당하게 맞서야 한다는 생각이 본능적으로 들었다. 알퐁스는 그들 사이의 대화에 끼어들었다.

"안느의 애인인데 잘 부탁합니다."

흑인 거구가 같잖고 영문 모르겠다는 듯이 빤히 쳐다봤다. 알퐁스도 제법 당당하게 눈싸움에서 지지 않았다. 오히려 진짜 애인이 아니라서 더 의젓할 수 있었는지도 몰랐다. 그때 안느가 다시 끼어들었다.

"프랑스에서 오랜만에 온 애인 만나 얘기 나누는데 이게 웬 행패이고 창피한 짓이에요. 집안 오빠뻘 되는 사람이 축하는 못 해줄망정. 그만 방해하시고 저리 가세요."

그녀도 프랑스어로 못을 박았다. 거구가 알퐁스를 잠시 노려보더니 악수를 청하고는 자기 자리로 천천히 돌아갔다. 식민지 종주국인 프랑스에서 왔다고 하는 바람에 덕을 봤는지 안느의 기세에 눌렸는지는 알 수 없었다.

알퐁스와 쌍둥이는 대략 자리를 정리하고 일어섰다. 분위기도 그렇고 거기 계속 있다 보면 마음이 달라질지도 모를 그 흑인 거구가 다시 와서 찝쩍댈 수도 있었다. 카페를 나가면서 그쪽 테이블을 힐끗 보니 다행히 이쪽은 이제 신경 안 쓰는 듯했다. 한번 만남으로 다 알 수야 없으나 생각보다 단순하고 안느에 대한 집착도가 그리 센 것 같지는 않아 보였다. 다행이었다.

셋은 밖으로 나왔다. 더웠다. 안느의 쌍둥이 동생이 자기는 10분 후쯤 어디 가야 한다고 했다. 일단 모두 근처 공원으로 이동하였다. 나름 겨울이나 약해지지 않은 햇빛을 피해 그늘 속 벤치를 찾았다. 쌍둥이 둘을 앉히고 그 옆에 서서 잠시 얘기를 나누는데 이름도 모를 열대 꽃 향기가 강렬했다. 마치 강한 향수에 어찔하듯이 알퐁스의 차분함이 잠시 흔들렸다. 안느 혼자만 있었으면 무슨 일이 날 뻔도 하였으나 다행히 이지적인 알퐁스는 곧 정신을 차렸다.

아까 그 거구와의 충돌 얘기가 자연스레 다시 나왔다. 안느 동생은 숨이 멎는 줄 알았는데 예상 밖으로 알퐁스나 그녀 언니가 너무 당당히 잘 대처하였다고 흥분하여 얘기했다. 평소에 비해 언니가 확 달라졌다는 말도 빠뜨리지 않았다. 역시 사랑의 힘이 대단하다는 사족까지 붙이고는 가야 한다는 곳으로 사라져버렸다.

셋이 있다가 둘만 벤치에 나란히 있으니 나쁘진 않으면서도 은근 어색해졌다. 더구나 안느의 동생이 사랑의 힘 운운하고 떠나는 바람에 더 그렇게 되었다. 실제로 둘이 나쁘지 않은 사이라서 어색하고 뜨끔했던 거였다. 사실 전에도 둘만 만난 적이 있지만 이런 느낌은 아니었다. 카페가 아니고 다소 으슥한 공원 그늘 속이라서 그랬을 수도 있다.

"우리 다른 카페나 어디 좋은 데 가요."
둘이 이구동성으로 얘기하고는 서로 놀라며 웃었다. 공원 그늘 밖으로 나오니 그새 좀 흐려져 강한 햇살이 덜해졌다. 막상 갈 곳이 막막했다. 다른 시내 카페를 가자니 내키지 않았고 처음 만난 해변 카페는 꽤 멀었다. 이때 알퐁스가 파격적인 제안을 했다. 갈 데가 마땅치 않으면 자기 집에 가자고.

알퐁스는 지금 시각에는 부모 두 분이 병원에서 일하느라 집에 아무도 없다고, 집에 있더라도 충분히 이해할 분들이라고 말했다. 그녀 집에 가는 것은 말이 안 되는 일이니 이상하게 생각할 거 없다고 설득했다. 어떤 면에서는 그 순간 둘이 있기 제일 좋은 선택일 수 있었다. 더구나 그날은 둘이 어쨌든 애인 관계라고 카페에서 공언한 날이 기도 했다.

고민하며 아직 결정하지 않았는데도 이미 발걸음은 그쪽으로 움직였다. 공원에서 멀지 않은 알퐁스의 부모 집에 도착했다. 여기까지 왔으니 결국 들어가야 했으나 그녀는 주위를 몹시 살폈다. 그녀가 아무리 그리스도교도라고 하더라도 무슬림 분위기 사회에서 젊은 처자가 남자와 집에 들어가는 것은 신경 쓰이는 일이었다. 알퐁스도 그녀의 마음을 충분히 이해하여 그녀가 아무한테도 보이지 않게 집으로 들어가도록 도와주었다.

집에 들어오니 역시 알퐁스 부모는 없었다. 막상 부모가 없으니 편하면서도 서로 어색해졌다. 우선 크지 않은 응접실 소파에 자리를 잡고 커피를 준비했다. 응접실에서 마주 보며 커피 한잔을 마시고 나니 더 머쓱해졌다. 알퐁스가 급히 파리 생활 얘기를 꺼냈다. 아까 하지 않은 제과점 얘기, 레스토랑과 식품에 관한 얘기들을 장황하게 늘어놓았다.

　마주 보며 이야기하는 동안에 자연스레 둘은 손을 마주 잡았다. 그런데 얼마 후 안느가 소스라치게 놀라며 그의 손을 뿌리쳤다. 처음에는 가만히 있더니 왜 그러는지 알퐁스도 놀랐다. 알퐁스는 자신이 지나친 행동을 한 것 같지도 않은데 영문을 몰라 파리 얘기를 중단하고 물끄러미 있었다. 그러자 그녀가 왜 손을 다급히 뿌리쳤는지 해명을 시작하였다.

　"S국 신화에는 남녀동체 비슷한 내용이 들어있어요. 그냥 신화로 그치는 것이 아니라 현실에서도 종종 벌어지고 있어요. 그래서 남자든 여자든 거의 할례를 하고 있어요."
　그녀 부모도 가톨릭교도이기는 하나 원래 풍습이 그러니 그녀가 어렸을 때 그것을 하려고 하였다. 그러나 그녀가 너무 싫어하고 무서워하자 안쓰러운 나머지 하지 않기로 했단다. 무슬림 집안이었다면 여지없었을 것이었다. 그녀는 대단한 배려를 받은 셈이었다.

할례는 관습적으로 그 사회의 여자로 인정받기 위한 절차였고, 사회에 문제가 될 지나친 성욕을 억제시켜 조신한 여자로 만든다는 명목의 필수적 과정이었다. 그러나 할례는 너무 고통스러운 절차였고 그로 인해 사망하는 경우도 많았다. 할례로 인해 그 부위에 합병증이 생기면 그것도 그 소녀가 불결하고 부정해서 그렇다는 식으로 취급받았다.

관습에 따르면 할례 후에는 학교도 그만두고 혼인을 해야 했다. 그녀는 나름의 혜택으로 할례를 하지 않고 여기까지 왔는데, 남녀동체 비슷한 징후가 강하다고 알려지면, 그녀 집안에서도 어쩔 수 없이 할례를 할 것이 뻔해 함부로 티를 낼 수도, 더더욱 얘기를 할 수도 없는 현실이었다. 그가 프랑스에 있고 곧 그리로 돌아갈 사람이며 그녀가 특별히 생각하는 사람이라서 처음으로 얘기를 한다는 거였다.

알퐁스에게는 이런 얘기 자체가 너무 낯설고 신비로워 아무 소리도 내지 않고 가만히 듣기만 했다. 그녀의 겉모습은 더 말할 나위 없이 미녀였다. 그러나 신화인지 격세

유전인지 알 수는 없으나 그녀는 가끔 남자 같은 생각을 하고 남자처럼 행동도 해서 우선 본인이 깜짝 놀라곤 했단다. 아직 가족이나 주위에서는 그리 이상하게 생각하지는 않고 예쁘장한데 성격이 괄괄한 거로 이해하고 있다고 했다. 그곳 사람들한테 솔직히 얘기하면 할례를 안 받아 그렇다고 할까 봐 아무한테도 얘기를 못 했고, 심지어 쌍둥이 동생이나 어머니한테도 얘기를 안 했단다.

그는 너무 충격을 받았다. 그런 얘기 자체도 그에게는 너무 신비한 데다 신화니 원시로부터의 유전이니 하는 내용이 너무 으스스했다. 이제 그녀가 손을 잡거나 다른 거를 하라고 해도 못 할 것 같았다.

"그래 병원은 갔었어요? 아직 못 갔을 것 같은데 원하면 우리 부모님한테 가볼까요?"

알퐁스는 그녀에게 생각해 보라고 했다.

그녀는 처음으로 그런 그 얘기를 해서 그런지 얼굴이 편안해지고 더 예뻐 보였다. '그동안 혼자서 얼마나 고생이 많았을까. 그래서 그 거구도 그렇게 싫어했나?' 핏줄이나

　　　　　　　　과거와의 네 가지 해후

풍습 혹은 관습이 이렇게 인간에게 영향을 미친다는 사실이 알퐁스로서는 너무 신비로울 뿐이었다. 물론 그에게도 그런 것들이 흐르고 있었겠지만.

기분이 전 같지는 않아졌으나 그다음 날도 그녀를 만났다. 그녀를 처음 만났던 해변 카페에서 만났다. 이제 알퐁스가 프랑스로 떠날 날도 얼마 남지 않았고 전날 신비한 얘기도 들은 터라 처음 만났던 장소에서 그녀를 보면 어떤 느낌이 들까 궁금했기 때문이었다. 그녀 모습은 처음 그때와 마찬가지로 아름다웠다. 문제는 그의 마음이었다. 그녀를 어찌해볼 생각이 전혀 없어졌음을 알았다. 하여간 처음 만날 때 마셨던 시원한 음료를 마시며 다시 파리 얘기를 하다 그녀 집안 얘기가 구체적으로 나왔다. 할례 관련되는 얘기까지 한 그녀는 이제 그에게 무슨 얘기든 할 기세였다.

그녀 집안은 가톨릭이나 사회 자체가 무슬림 분위기라 문화적이나 관습적으로는 그것이 거의 지배하는 가정이고 사회였다. 그녀의 아빠는 무슬림 집안도 아닌데 일을 하다

말다 했다. 종교보다는 그 지역의 풍습이나 일자리하고 관계되었다. 그녀 엄마가 이런저런 일을 했고, 대가로 받은 월급을 전부 남편에게 주었다. 아니 바쳤다는 게 더 정확할 것이다. 그래도 그녀 엄마는 남편을 위해 일하니 행복해하였다. 그런 상황에서 그녀 아빠는 가톨릭교도인데도 결혼만 안 한 두 번째 여자가 있었고, 물론 그녀 엄마가 버는 돈이 그 여자에게로도 갔다.

이런 식의 가정교육이랄까, 가정 내력이라서 안느도 자꾸 그런 분위기에 세뇌되어 간다고 했다. S국에 계속 있다 보면 자신 역시도 이런 상황을 답습해야 할 것으로 여겨졌다. 그녀가 여기서 결혼을 하면 당연히 자신 엄마와 비슷한 길을 갈 것으로 믿어 의심치 않았다. 그래서 그녀가 기를 쓰고 프랑스로 탈출하려 하는 것인지도 몰랐다. 그녀는 최근 들어 이런저런 문화, 특히 유럽 문화를 많이 접하고는 그런 과거의 사고가 많이 흔들리고 있었다.

더구나 남성적 성격이 자신에 내재해 있다는 것을 확실히 알고 나서는 더 혼란을 겪고 있었다. 그렇지 않아도 부모 같은 결혼생활에 회의를 느끼고 있던 안느는 프랑스에 갈 수 있게 되면 이 사회의 영향을 안 받는 좋은 병원에 가서 할례를 안 받고도 정상적으로 살아갈 수 있는지 솔직히 문의도 해보고 싶었다. 또 다른 제대로 된 치료를 받아야 하는지도 궁금하였다.

안느는 자기 엄마를 보면 가정을 거의 혼자 꾸려가는 데도 왜 남편에게 그리 꼼짝을 못하는지 이해가 되지 않았다. 그녀는 결코 그런 결혼생활을 하고 싶지 않았다. S국에 사는 프랑스인 부부들을 보면 그렇게 살지 않는 것 같은데, 아무리 풍습이 다르다고 해도 S국 사람들은 왜 그런지 이해가 안 되었고, 그런 생활은 생각만 해도 싫었다. 그때 만나고 있던 알퐁스만 봐도 그녀 가정과는 많이 다른 것 같았다.

마음에 안 드는 그녀의 아빠가 최근 좀 이상한 얘기를 하곤 했다. 가톨릭과 관련하여 가족 전체가 프랑스로 이사할 수도 있는데 어찌 생각하냐는 뜬금없는 소리를 가족들 하나하나 붙잡고 했었다. 그게 마치 자신의 엄청난 공적인 것처럼 말하곤 했다. 물론 가도 근본적으로 여기 생활방식을 유지해야 한다는 말도 잊지 않았다.

하여간 알퐁스와 안느는 매일 만났고 그냥 시간을 같이 보내고 있었다. 사실 그것도 이슬람 분위기 사회에서 쉬운 일은 아니었다. 특히 동양인 청년과 원주민 소녀는 더욱 그랬다. 여기 사회에 대해 여러 가지를 더 알고 나니 그로서는 그녀 손 한번 잡은 거로도 크게 만족해야 할 듯했다. 여러 가지 제한이 있었으나 그래도 만나는 시간들이 그리 나쁘지만은 않았다.

결국 알퐁스가 S국을 떠나는 날이 다음 날로 다가왔다. 떠나기 전날이라고 해도 보통 날과 별다를 게 없었다. 그나마 달라진 거라고는 안느 가족이 가까운 장래에 프랑스로 갈지 모르니 거기 가면 연락하겠다는 얘기와 작별인사 겸해서 손을 제대로 잡아봤다는 정도였다. 그렇게 그는 겨울의 파리로 돌아왔고 파리에서의 일상이 다시 펼쳐졌다.

대학연구실 일이 많이 밀려있었다. 물론 휴가 가기 전에 처리할 거는 미리 다 했는데도 그동안 연구실에서 다른 연구에 진전이 많았던 모양이다. 알퐁스는 기쁜 마음으로 자기가 보충할 부분을 찾아 차분히 임하였다. 파리에 돌아오니 아침 안개처럼 아직도 문득문득 생각나는 프랑스 남부 출신 쟈크린한테서는 당연히 편지 한 장이 없었다. 기다리는 자신이 제정신이 아니라는 생각도 들었다.

'이제, 당신이 사랑했던 사람을
가슴으로 불러온다.
잠시 이 사람에게서
당신이 가장 감탄하는 자질을 생각한다.
그녀의 그 좋은 점을 떠올린다.
그녀가 당신을 사랑했던 때를 그려본다.
선하고 깨어있고 보살펴주는
그녀의 본성을 자각한다.
아쉬운 사랑의 그녀.
그녀를 눈앞에 그려보면
슬픔인지 기쁨인지 모르는 아련함이
온몸을 감싸온다.

해맑고도 순수했던 시간이었다.

충만함과 행복감이 있었다.

그녀는 지금 어디에서 어떻게 살고 있는지

궁금해서 떠올리면

그때의 사랑이 아프고도 아름답게 다가온다.'

어느 저녁 휘적휘적 아파트로 돌아오다 습관적으로 대략 비어있는 우편함을 힐끗 보고 지나쳤다. 그러다 다시 발길을 돌렸다. 작은 우편함에 꽂혀있는 편지를 발견한 것이었다.

'쟈크린?'

보낸 곳이 프랑스 주소라서 당연히 쟈크린이라고 생각했는데 발신인은 잘 모르는 사람이었다. 수신은 알퐁스가 명확한데. 일단 편지를 들고 아파트로 들어갔다. 누굴까 머뭇거리다 편지를 과감히 뜯어서 내용을 조금 읽으니 안느였다. 그녀가 프랑스에 있는 아는 사람을 통해 전한 편지였다. 얼마간 잊어버렸던 아프리카 S국에서의 시간들이 다시 생생히 다가왔다.

조만간 프랑스로 온다는 얘기였다. 그를 다시 만날 날을 몹시도 기다리고 있다는 말과 함께. 생각보다 프랑스로의 이주가 빨리 진행된 것 같았다. 그런데 파리로 오는 것이 아니고 아프리카 식민지 사람들이 많이 모이는 남부의 마르세유로 일단 온다고 했다. 그러나 안느는 알퐁스도 만나고 파리에서 제과/케이크 만드는 것을 배우기 위해 정리되는 대로 파리로 오겠단다.

알퐁스는 안느가 언제 파리로 올지는 모르겠으나 우선 반가웠다. '안느가 오면 쟈크린의 빈자리를 메울 수 있을까? 파리에 오면 그녀의 다소 답답하던 무슬림식 남녀교제 방식이 달라지려나?' 그녀의 양성적 본성이 파리에 오면 어떤 모습으로 나타날지도 궁금해지기 시작하였다.

얼마 후 안느로부터 마르세유에 도착했다는 연락이 왔고 그 후로는 며칠이 멀다 하고 그녀로부터 편지가 왔다. '안느는 이제 할례로부터 자유로워진 것인가?' 그러다 드디어 파리에 온다는 연락이 왔다. 파리 변두리에 있는 가톨릭 수도원의 기숙사 같은 곳에 시한부로 묵게 되었고, 제과/케이크 공부를 무료로 할 곳도 알선되어가고 있다는 내용이었다. 물론 공부할 곳이 좋은 데는 아니겠으나 뜻밖에 알퐁스가 나서지 않고도 잘 처리하고 있는 것 같아 다행이었다. 가톨릭 덕인지 S국 출신들의 도움 때문인지는 잘 모르나. 물론 그녀가 도착하고 정신 좀 차리면 만나기로 하였다.

며칠 후 공부하기로 한 곳도 둘러볼 겸 그에게 관련 상의도 할 겸 드디어 그녀가 파리 중심부로 오겠다는 연락이 왔다. 물론 그도 보고 파리 중심부도 구경하려는 의도도 있었을 것이다. 그가 잘 알고 쟈크린과의 추억도 많은 지하철 1호선 루브르 박물관역 출구에서 만나기로 하였다. 물론 이 역은 파리 중심부 역 중의 하나였다. 알퐁스는 조금 일찍 도착하여 이곳에 처음 오는 안느를 기다려 주기로 하였다. 서 있다 보니 날씨가 많이 풀린 것을 새삼 실감할 수 있었다. 겨울이 지나가는 모양이었다. 아직 시간 여유가 있어 출구 한편에 서서 이런저런 생각에 잠겨 있었다. 연구 생각, 장래 소망, 쟈크린, 안느….

갑자기 어느 예쁘장한 여자가 그에게 말을 건넸다. 생각 속의 인물인가 하다 깜짝 놀랐다. 자신이 안느를 기다리는 중이었음을 퍼뜩 떠올리고 정신을 차리고 봤지만 잘 모르는 여자가 그의 앞에 서 있었기 때문이다. 겨울옷을 입어 얼핏 다른 여자 같기도 했으나 찬찬히 보니 안느였다.

반가운 마음에 손을 잡으려다 S국에서 손잡다 놀란 경험이 빠르게 그를 붙잡아 엉거주춤 말했다.

"안느, 결국 여기까지 왔네요. 반갑고 매우 환영해요. 겨울옷을 입어 딴 사람인 줄 알았어요."

"저는 금방 알아봤는데 한참 모른 체하셔서 사실 좀 당황했어요. 일부러 놀리나 하는 생각까지 들었어요. 하여간 너무 좋아요. 이렇게 꿈이 이루어졌어요."

아직 저녁 시간까지 시간이 좀 남아 근처 파리 중심부를 좀 돌아보며 얘기를 나누기로 하였다. S국 D시와는 비교를 할 수도 없는 건물과 거리, 그 화려함과 장대함, 그리고 세련됨에 그녀는 입을 다물지 못했다. 세상 최고의 도시 한복판에 와 있었으니. 그녀는 너무 흥분하여 배울 곳

이나 관련되는 질문은 다 잊어버린 것 같았다. 알퐁스는
생각했다.

'그래, 그런 게 지금 머리에 남아있겠냐. 그런 거는 이따
저녁 식사할 때 얘기가 나오겠지.'

루브르 박물관 근처에 있는 그가 파리에서 제일 좋아하
는 카페로 갔다. 쟈크린의 자취가 흩날릴까 약간 걱정은
했으나 달리 근처에서 비싸지 않으며 맘에 드는 곳을 알지
못했다. 근처에서 한두 군데 찾아보았으나 비교가 안 되었
다. 그리고 안느가 자크린에 견줄 상황도 아니고. 아주 멀
리서 여기 파리 중심부까지 왔으니 그곳에서 식사 한번
할 자격은 충분했다.

"너무 좋은 곳 같네요. 저도 제과/케이크 잘 배워서 이
런 곳에서 일하면 너무 좋을 것 같아요."

그녀는 테이블에 앉았으나 카페의 이곳저곳을 둘러보느
라고 정신이 없었다. 그가 좋아하는 별로 비싸지 않은 뱅
루즈 한 병을 시켰다. 그녀는 한잔 정도밖에 못 마신다고
하였으나 더 마실 수도 있고 남으면 그라도 다 마시면 되

는 일이었다.

　많지 않은 저녁 식사를 시켜놓고 프랑스 파리 중심부에서 만난 기쁨으로 건배를 했다. 안느가 그가 환영해 준 것에 대한 인사와 S국에서 헤어진 이후의 생활에 대해 얘기했다. 가족 모두가 프랑스에 와서 너무 좋아하고 있단다. 당연한 말이었다. 이때 주문 음식 하나가 나왔다. 먹기 시작하며 그녀는 드디어 제과/케이크 배울 곳에 대해 얘기하기 시작했다. 프랑스에 있는 것이라 그런지 그녀 눈에는 다 좋아 보이는 모양이었다. 알퐁스는 그녀에게 오늘 처음 둘러본 그 교습소인지 학원이 어땠는지 조금 더 구체적으로 설명하라고 했다. 그래야 그가 충고도 해줄 수 있으니.

　그녀 얘기를 들어보니 가톨릭교단에서 운영하는 직업훈련소 비슷한 곳의 제과 과정이었다. 안느는 이곳을 다닌 후 교단에서 필요한 곳이나 파리 어딘가 제과/디저트점에서 수습을 하거나 취직을 해서 경력도 쌓고 돈도 벌겠다는 포부였다. 그녀 얘기를 다 듣고 그는 현재 그녀 상황에서는 그리 나빠 보이지는 않고 나중에라도 '르 꼬르동 블루Le Cordon Bleu, 파란 리본' 같은 유명 제빵제과/요리 전문학교에 다녀 한층 더 발전하면 좋겠다고 격려해 주었다. 그녀는 그렇게만 되면 더 이상 바랄 게 없다고 황홀한 눈빛이 되었다.

르 꼬르동 블루는 프랑스 요리의 발전과 전파를 목표로 1895년에 설립된 프랑스 요리와 제빵제과 전문학교이다. 르 꼬르동 블루라는 단어는 원래 앙시앵레짐 시기(프랑스 혁명 이전)의 프랑스 최고 권력 기관인 '성령 기사단'을 지칭하는 단어였으나, 당시 이 기사단이 즐겼던 성대한 만찬이 훗날 유럽 각국으로 전파되면서 '최고의 요리'라는 뜻으로도 불리게 되었다. 설립 초기에는 1895년 발간된 세계 최초의 요리 잡지인 라 퀴지니에르 꼬르동 블루 La Cuisinière Cordon Bleu가 소개하는 요리를 비롯한 프랑스 고급 요리 강좌가 열렸다. 설립부터 많은 관심을 받았으며, 제1차 세계대전 이전에 이미 다양한 국가 출신의 유학생들을 받아들이면서 국제적인 명성을 얻게 되었다. 이후 많은 유명 요리사를 배출하고 있었다.

안느는 그렇게만 되면 너무 좋을 것 같다는 표정을 지었다. 알퐁스는 식품 과학 전문가답게 교습소에서 잘 배워야 할 사항들을 얘기해주었다. 나중 좋은 학교 갈 상황이 되면 적극 도와주기로도 하였다. 이런 직업 관련되는 얘기를 진지하게 하고 나니 둘은 남녀 사이보다는 사제간 같은 모습으로 비치기도 했다.

사실 두 사람이 S국에서 많이 만나긴 했으나 아직 남녀 관계라고 보기는 어려웠다. 더욱이 알퐁스는 그녀의 양성 문제를 알고 난 이후 안느와 남녀 사이에 다소 흥미를 잃기도 했다. 알퐁스는 일단 남녀 관계라는 특별한 목표를 정하지 않고 마음과 운명이 흘러가는 대로 지켜보기로 하였다. 사실 쟈크린하고도 마찬가지였지만. 하여간 안느가 흑인이긴 하나 예쁜 여자임에는 틀림이 없고 쟈크린의 빈자리가 자꾸 느껴지고는 있었다.

안느는 알퐁스가 자기를 후배나 제자 대하듯 하자 불만이 생겼다. 처음에는 안 그랬던 것 같은데 S국 그의 부모 집에서 그녀가 양성의 모습을 보인 이후로 그렇게 된 것으로 느꼈다. 그런데 그와 파리에서 만나는 지금은 그녀 자신이 S국에서와 많이 달라진 것을 느끼고 있었다. 서로 악수도 했고 카페에서 대화를 나누며 자연스레 손도 잡고 했는데도 전과 같은 그런 반응이 나타나지 않았다. S국 풍습과 달리 할례 없이도 나라와 환경이 바뀌면서 자신이 여성적으로 변하는 것 같아 신기할 따름이었다. 알퐁스가 그녀에게 딱 어울리는 남자라서 그런 건지도 모를 일이었다.

안느는 어쩌다 그리된 건지는 잘 이해되지 않았으나 하여간 온전히 여성으로 되어가는 게 기분 나쁘지는 않았다. 이제 이 문제로 병원에 갈 필요도 없는 것 같아 그것 또한 다행스러운 일이었다.

'내 마음은 당신 때문에 아프지만,
나는 당신에게 쉽게 말할 수 없습니다.
나는 당신을 위해 모든 것을 할 것이고,
당신이 결코 알지 못해도 감사할 것입니다.
내가 하는 모든 일은 헛되고,
나는 결코 내 마음을 다스릴 수 없습니다.

그것은 단지 명목상 나의 것입니다.

당신이 없기 때문에

나는 아무런 쓸모가 없습니다.

나는 당신 없이 살 수 없을 것 같습니다.

내 날은 항상 고통과 기다림으로

가득 차 있습니다.

당신을 사랑하는 것 같습니다.

모든 게 끝날 줄은 몰랐습니다.

날 떠날 겁니다.

당신이 나를 모른 체하면

나는 당신을 잊는 법을 배워야 합니다.

당신이 아무리 멀리 떨어져 있어도

내 생명과 영혼은 영원히 함께할 겁니다.

내가 얼마나 당신을 필요로 하는지

아실 겁니다.

하지만 당신은 나에게 친절하지도 않습니다.

당신을 사랑하는 게

내 약점으로 되어가고 있습니다.

당신도 알겠지만

난 여전히

당신을 사랑하지 않을 수 없습니다.'

그 카페에서 두어 시간을 그렇게 보냈다. 할 일을 다 했기도 했으나 더 이상 머물 수가 없었다. 두 사람은 아까 만났던 루브르 박물관 지하철역으로 다소 빠르게 이동하였다. 그녀 숙소가 파리 변두리에 있는 가톨릭 수도원의 기숙사라 거리도 멀고 귀가 마감 시간도 있었다.

그녀를 가까스로 배웅하고 아파트로 돌아오는 길은 오랜만에 허전하지 않은 느낌이었다. 전에 쟈크린과 잘 지낼 때 이후 처음인 것 같았다. 알퐁스는 안느를 여성으로 대할 수 있다는 게 회복되어서 그런가, 생각했으나 이 문제는 좀 더 지켜봐야 할 것 같았다. 알퐁스는 단지 문화적 압박 속에서 그랬던 것인지, 신체적 특이성을 가지고 있었던 것인지 자신으로서는 알 수 없었다. 신체적으로 그런 문제가 있다면 프랑스니 파리니 해서 흥분된 나머지 잠시 회복된 거처럼 보일 수도 있었다. 알퐁스는 그런 게 아니기를 바라며 가벼운 발걸음으로 아파트에 도착하였다.

과거와의 네 가지 해후

그날 이후 알퐁스는 안느가 있는 파리 변두리에 가기도 하고 교습소가 좀 일찍 끝나는 날은 중심가 어디에서 둘이 만나기도 하였다. 안느가 대학 쪽으로 오기도 하였다. 날로 둘은 가까워졌고 그녀도 공부하면서 빠르게 실력도 늘었다. 안느는 파리지앵이랄까, 파리의 젊은 여자로 변해 갔다. 거기에는 물론 그의 도움과 뒷받침도 작용을 했다.

동양 남성과 식민지 흑인 여성 커플은 주위의 시선을 끌었으나 그렇다고 질시하는 정도까지는 아닌, 1920년대의 파리는 세계 최고의 국제도시이자 문화도시였다. 알퐁스는 다시 쟈크린과 좋았을 때로 돌아간 듯했다. 또 하나의 화양연화花樣年華였다. 그럼 에도 불구하고 신체적 접촉은 그리 발전되지는 않았다. 왠지 모를 두려움과 노파심 탓에 뻔하고 평이한 접촉만 반복되었을 따름이었다.

어느 날, 그 날은 상당히 추운 날이었다. 날짜상으로는 그렇게 추울 때가 아니어서 더 춥게 느껴졌는지도 몰랐다. 둘은 파리의 어느 대로를 걷고 있었다. 서로 추워 특히 더운 나라에서 온 그녀가 몹시 추워하였다. 둘은 거의 부둥

켜안고 걷는 모양이 되었다. 그러다 본의 아니게 그의 손이 그녀의 가슴을 건드리게 되었다. 그것도 꽤 두꺼운 옷위로. 그런데 눈 깜짝할 사이에 그녀는 감싸 안고 있던 그의 손을 뿌리쳤다. 순간적 일이었다.

그는 물론이고 그녀 자신도 놀라서 서로를 황망하게 쳐다보고 있을 뿐이었다. 그들은 순간적으로 무언가 잘못된 것임을 직감하였다. 소멸된 줄 알았던 그녀 속 남성이 다시 모습을 보인 것이었나. 그거 외에는 설명이 마땅치 않았다. 그녀도 전혀 의식적으로 한 것이 아닌 듯했다.

누가 먼저랄 거 없이 급히 근처에 보이는 카페로 들어갔다. 둘 다 차분히 앉아 커피 한잔하며 각자의 마음과 몸을 추슬러야 했다. 서로 아무 말 하지 않고 얼마간 커피만 마셨다. 드디어 그가 무겁게 입을 열었다.

"병원에 가 봐요. 원하면 같이 가 줄 테니."

그녀는 그 말에 아무런 반응을 보이지 않고 계속 커피만 조금씩 마셨다. 그런 얼마 후 그녀가 고개를 조금 끄떡였다. 집에는 알리기 싫으니 같이 가달라는 부탁과 함께.

과거와의 네 가지 해후

이때 벌써 프로이트에 의해 정신분석학 이론이 제시되었고 유럽 각지에 정신분석학회가 설립되고 있었다. 1885년, 프로이트는 장학금을 받아 프랑스 파리로 유학을 떠났고, 5개월 동안 저명한 의사 장 마르탱 샤르코의 강의를 들었다. 샤르코는 여성의 히스테리를 비롯한 발작증 치료에서 최면술을 이용해 큰 효과를 보았다. 프로이트는 샤르코의 치료법을 적극적으로 수용함으로써, 향후 자신의 화두가 될 인간의 심신 관계에 관한 문제를 본격적으로 파고들었다.

1886년에 빈으로 돌아온 프로이트는 신경질환 전문의로 개업하였다. 스스로에 대한 정신분석을 시도한 프로이트는 연구 영역을 더욱 넓혀 나갔다. 정신질환자가 아닌 일반인의 심리 분석을 통해 인간 무의식의 근본 구조를 규명하려는 시도도 진행하였다. 그는 인간의 꿈이나 실언 등의 무의식적 행위가 어떤 억압된 것의 표출이라는 점을 알아채게 되었다. 이른바 원초아原初我, 자아自我, 초자아超自我의 3박자 도식은 무의식의 작동 방식에 대한 프로이트의 최종적인 설명이었다. 나아가 그는 성적 충동(리비도)이

유아부터 성인에 이르기까지 모든 인간의 중요한 본능 가운데 하나라고 주장했으며, 이러한 삶의 본능(에로스)과 반대되는 죽음의 본능(타나토스)이라는 존재도 설정했다.

알퐁스는 안느를 위해 파리에서 꽤 명망이 있는 신경질환 전문의의 진료실을 직접 방문하여 사정을 설명하고 진료 예약을 하였다. 전문의는 새로운 질환인지 매우 흥미로운 반응을 보였고, 안느와 알퐁스의 사정을 고려하여 원칙적으로 무료로 분석과 진료를 해주겠다고 했다. 안느는 고마워하면서도 상당히 불안한 듯했다. 알퐁스는 이번 기회에 그녀가 극복을 못 하면 둘의 관계도 어찌 될지 모른다고 그녀가 매우 바라지 않는 얘기까지 던지며 그녀를 압박한 끝에 그녀가 진료받도록 겨우 설득할 수 있었다.

드디어 진료일이 다가왔고 알퐁스는 대학 근처에 있는 전문의 진료실로 같이 가기 위해 그녀가 와본 적이 있는 대학 근처 지하철 10호선 '클루니-라 소르본'역에서 만났다. 그녀는 다시 불안한 모습을 보였으나 역에서 멀지 않은 진료실로 가는 동안 그의 진실한 설득과 위로 덕인지

　　　　　　　　　　　　　　과거와의 네 가지 해후

진료실에 거의 다 왔을 때는 예의 평정 상태를 유지했다.

프로이트는 히스테리 연구를 통해서 심리적 원인이 신체적 질환으로 나타날 수 있음을 알아냈다. 이때 히스테리의 원인이란 보통 어린 시절의 충격적 경험(트라우마)인데, 대개는 성性과 연관된 내밀한 것들이었다. 히스테리 환자는 일찍이 머릿속에 각인되었다가 억압을 통해 무의식으로 가라앉아 버린 이 원인을 의사의 도움으로 기억해내고 인지함으로써, 즉 일종의 카타르시스를 통해 증상이 치유되곤 했다. 이것이 프로이트가 처음으로 인간의 무의식에 접근하게 된 계기였다.

건너편 묵직한 책상 뒤에 전문의가 앉아 있고 둘은 환자와 손님용 의자에 앉았다. 소통 등의 문제를 들어 특히 안느의 강력한 요청에 따라 둘이 같이 있게 되었다. 이제 그녀는 알퐁스를 세상 어느 남자보다도 믿는 듯했다. 전문의의 말에 따라 문제의 상황을 안느가 설명하고 표현의 문제가 있거나 다소 모호한 설명의 경우에는 알퐁스가 보충하였다. 생각보다 그녀는 담담하고 정확하게 설명을 하였다. 전문의는 거의 듣기만 하면서 받아 적으며 간간이 명확하지 않은 부분에 대해서는 질문도 하였다. 그녀의 설명이 끝나자 전문의는 대략 파악하였다고 하며 기록을 다시 검토하고 일주일 후에 최면치료나 뭐를 시도해보겠다고 하였다.

진료실을 나오자 안느의 표정은 훨씬 편안해 보였다. 그녀는 속 깊이 있던 얘기를 솔직하게 전문의에게 털어놓은 것만으로도 문제를 해결했거나 해결한 듯한 느낌이 들었다. 옆에 있던 그도 기분이 나쁘지 않았다. 서로 흡족한 마음으로 간단한 점심과 커피를 마시고 헤어졌다. 오후에는 각자 할 일도 있고 저녁까지 같이 있기에는 시간이 너무 길었다. 알퐁스는 점심을 먹으며 그녀 반응을 점검해보았고 진단을 받은 거만으로도 효과가 있었는지 문제가 거의 없어 보였다. 새로운 의학과 과학의 힘이 대단하다고 생각을 안 할 수 없었다. 하여간 일주일 후 같은 지하철역에서 만나서 전문의 진료실로 가기로 하였다.

일주일이 지나 다시 그 진료실에 왔다. 그날은 이런저런

과거와의 네 가지 해후

치료를 한다고 했다. 역시 최면을 동원하여 일찍이 그녀의 머릿속에 각인되었다가 억압을 통해 무의식으로 가라앉아 버린 이 원인을 전문의의 도움으로 인지하여 일종의 카타르시스를 통해 증상을 치유하려 했다. 안느의 부탁으로 최면치료 중에도 알퐁스가 옆에서 지켜보았으나 첫날 했던 말 말고 별다른 얘기가 나온 것은 없었다.

알퐁스는 최면을 통해 그녀의 깊고 깊은 무의식을 들여다보면서 문제의 원인을 철저히 해소할 수도 있겠다고 생각했으나 그리 간단해 보이지는 않았다. 깊은 우물에서 물을 퍼내는 행위 자체만으로도 자기 정화가 되는 듯했으며, 마음의 병이 어느 정도 치료가 되는 것 같았다. 모든 진료인지 치료 작업이 끝나자 그녀는 정상으로 돌아왔고 얼굴이 멍한 가운데 편안해 보였다.

전문의는 전에 들은 얘기 외 다른 특별한 심연을 발견한 것은 없다고 했다. 그녀가 처했던 관습과 전통의 굴레에서 공간적으로 많이 벗어나 있으니 우선 안심하라고 했다. 시간적으로도 엄청난 세월이 흘렀고, 그 문화적 트라우마에서 벗어날 환경이 조성되어 있으니 그런 생각에 빠지지 않도록 노력하라는 충고도 있었다. 더 이상 진료실에 올 필요는 없다고 했다.

처음 진단받으러 왔던 날보다 더 기쁜 마음으로 거리로 나섰다. 둘은 이 기회에 더 서로를 신뢰하게 되었다. 특히 안느가 알퐁스를 더욱 믿고 더 좋아하게 된 듯하였다. 안느는 알퐁스가 사심 없이 자신의 진료를 도와준 것에 큰 감동을 받았다. 곧 저녁 시간이고 둘 다 급히 돌아가야 할 일은 없어 두 사람은 진료를 잘 마친 것을 자축하기로 하였다. 시간도 있고 하여 데이트 겸해서 파리에서 처음 저녁을 같이한 루브르 박물관 근처 카페로 걸어서 이동하기로 하였다.

노트르담 대성당을 거쳐 루브르 박물관까지 가는 길은 그렇지 않아도 관광 경로라서 걷기에 아주 좋은 길이었다. 이런저런 얘기를 하며 모처럼 유유자적하게 걸었다. 가끔 손을 잡기도 하며. 물론 안느는 이상한 과민반응을 보이지 않았다. 알퐁스의 느낌으로는 그녀가 자신의 반응을

116 　　　　　　　　　　　　　　　　　　　과거와의 네 가지 해후

억지로 누르고 있는 것 같지는 않았다.

알퐁스는 그 수면 치료 과정이 큰 효과를 거둔 것 같았고, 그녀의 과민반응 원인이 그 S국의 전통과 문화였다는 자신들의 추측과 전문의의 진단이 맞았다는 생각이 들었다. 그런 관습의 유령까지 퇴치할 정도로 의학과 과학이 발전되었다는 사실에 알퐁스는 같은 과학자로서 큰 자부심을 느꼈다.

두 사람은 저녁 식사와 뱅루즈도 기분 좋게 즐겼다. 물론 신경질환 전문의를 만나보자고 했던 알퐁스의 공헌에 대한 본인의 공치사와 안느의 감사도 빠지지 않았다. 식사와 와인 후 루브르 박물관 지하철역까지 걸어가는 동안 의도적으로 혹은 본능적으로 좀 더 과감한 애정 표현을 하여도 그녀는 별문제 없는 듯하였다. 둘 다 기뻐하며 지하철역에서 서로 반대 방향으로 헤어졌다.

얼마 후 그녀의 교습과정과 교습 후 진로 등을 상의할 겸 서로 보고 싶기도 하여 우선 대학 근처 클루니-라 소르본 지하철역에서 만났다. 그날도 그들이 좋아하게 된 예의 그 경로로 도보 이동하며 만난 목적 관련되는 이런저런 애기를 나누었다.

안느는 교습에서 배운 게 어느 정도 궤도에 올라온 것 같았다. 점점 재미가 있고 자신감도 생긴 모양이었다. 그래서 파리 포숑 제과점 같은 좋은 제과/디저트점에서 견습을 하는 거보다는 좀 더 준비를 거쳐 르 꼬르동 블루처럼 좋고 역사가 있는 프랑스 요리와 제빵제과 전문학교에 진학하기로 마음을 정한 것 같았다. 파리 포숑 제과점은 선뜻 먹기 아까울 정도로 예쁜 케이크와 쿠키, 마카롱을 파는 제과점으로 1886년 오픈했다. 파리 마들렌 광장에 2개의 매장이 있었고 다양한 종류의 티와 초콜릿은 예쁜 상자에 담겨 진열되고 있었다.

안느는 구체적으로 어느 학교가 가장 적합한지 알퐁스와 상의하려는 만남이었다. 안느는 제과/디저트 분야에서 재능이 있는 듯했다. 르 꼬르동 블루를 비롯한 여러 유명 학교의 장단점을 그가 소상히 애기해주었다. 그녀도 이제

과거와의 네 가지 해후

는 이런저런 질문을 하며 얘기 나온 여러 학교에 대해 자기의 선호를 정리할 정도로 수준이 높아졌다.

"이제 안느 혼자서 결정해도 될 정도로 실력파가 되었네요. 잘 됐어요, 축하하고."

그녀는 급하게 극구 부정하며 순전히 그의 덕이라고 했다. 서로를 칭송하는 좋은 분위기를 유지하며, 두 사람은 어느새 저녁 식사를 자주 했던 카페에 도착하였다.

저녁과 뱅루즈를 하던 대로 주문하고 그날 만난 목적에 대한 얘기가 이어졌다. 이제 관심 분야가 진정 비슷해지고 그 분야에 관한 그녀의 전문적 지식이 쌓여 관련 대화가 꼬리를 물었다. 얘기를 나누다 보니 식사를 어떻게 했는지도 몰랐고 뱅루즈도 두 병이나 마셨다. 서로 아주 기분 좋게 그리고 약간은 취한 상태에서 지하철역으로 움직이기 시작하였다. 그녀가 기분 좋게 꽤 취한 것 같았다.

"괜찮아요? 오늘 숙소까지 데려다줘요?"

안느는 걱정할 필요 없다고 고개를 가볍게 저었다. 어느새 제과/디저트 분야에서 성장한 그녀가 대견도 하고 꽤 취한 거는 분명하여 그녀를 다소 강하게 안고 거의 한몸이 되어 지하철역으로 걸음을 내디뎠다.

그러자 참으로 뜻밖에 그녀가 강하게 반발하며 그의 품을 떠나갔다. 굉장한 반발력이었다. S국에서 그의 부모 댁에서 겪었던, 이제는 거의 잊혀가던 기억이 순식간에 다 되살아났다. 아 하는 탄식과 함께 뭐에 홀린 듯 그로부터 사라지는 그녀를 바라만 볼 수밖에 없었다.

관습과 전통의 유령한테는 사랑쯤은 아무것도 아닌 듯했다. 발전된 듯한 의학과 과학도 아직 적수가 안 되었다. 그는 진정이 안 되어, 좀 취한 듯해 걱정되는 그녀를 쫓아가서 살펴줄 기력을 회복하지 못하고 있었다. 낙담이었다. 꼭 붙잡았던 그녀의 손을 탁 놓은 셈이었다. 신화와 관습은 멀리 프랑스까지 쫓아와 위력을 부리고 있었다. 신화의 세계가 현실을 가리키며 먹구름을 퍼붓는 모습이었다.

'그대에게 품었던

흔들렸던 내 마음

그대 환한 미소에

그대 성난 모습에

나도 모를

눈물이 흐릅니다.'

3부

몽파르나스의 봄과 동양 여인

◈

　쟈클린과 헤어진 지도 이제 여러 달이 흘렀다. 물론 그
녀 생각이 다 정리된 것은 아니었다. 어찌 그리 쉽게 잊겠
는가. 너무 강렬하고 너무 비도덕적이고 너무 가련하고 너
무 예뻤기 때문이었다.

　알퐁스 정은 무슨 정리할 일이 있거나 골 아픈 일이 있
으면 멀지도 않고 유명한 몽파르나스 공동묘지의 빼곡하
고 길쭉한 나무들 밑을 걷는 버릇이 있었다. 걸으며 모파
상의 묘지를 힐끗 쳐다보았다. 그녀 때문인지, 요새 잘 안
풀리는 연구 때문인지, 장래에 대한 고민 때문인지, 관습
의 유령에서 벗어나지 못하는 여인 때문인지, 다 합쳐진
것인지 축 늘어진 모습으로 여기저기 힐끗하며 마냥 걷고
있었다.

몽파르나스 지역은 그때 파리에서 거주 비용이 낮은 지역이었다. 당시 파리는 세계 최고의 문화예술 도시였고, 그러다 보니 전 세계 여기저기서 파리로 모여든 경제적으로 취약한 예술가들은 몽파르나스로 자연스레 모였고, 이들은 서로에 융화되며 거리낄 것 없이 지냈다.

그곳에 모인 예술가들은 관객의 눈치를 보거나 아첨하려 들지 않고 모든 문학적·예술적 전통을 거부하고 새로운 것을 창조하려는 욕구에 사로잡혔다. 모든 것을 파괴한 제1차 세계대전의 영향도 있었다. 성생활을 포함한 삶의 방식 또한 방종에 가까운 자유를 일삼았고, 이런 삶을 바탕으로 한편에서는 지성이나 윤리적 양식으로는 도저히 용납도 이해도 할 수 없는 초현실적인 창조물이, 그 반대편에서는 당시로는 예술이라 인정할 수 없을 만큼 천박하고 대중적인 산물들이 동시에 쏟아져 나왔다. 소위 문화예술적 광란의 시대였고 황금의 시대였다.

파리의 봄은 봄바람처럼 꽃들과 같이 왔다. 비가 오기도 하고 기온이 낮아졌다 오르기도 했다. 좀 따뜻할 때는 낮엔 너무 더워서 여름 차림으로 다니는 사람들도 꽤 있었다. 그러나 일교차가 아주 커서 조심하여야 했다. 흐리고 비 소식이 있어도 언제라도 또 바뀔 수 있는 매우 변덕스러운 파리의 봄 날씨. 그만큼 파리의 봄은 예상할 수 없는 소녀의 마음이었다.

오전에는 구름이 가득하더니 오후가 되자 사랑하기에 정말 좋게 햇살이 따스하게 내리쬐었다. 물론 로맨틱한 파리지앵들에게는 사랑하기에 좋은 계절은 사계절 내내였다. 푸른 하늘과 구름조각들의 조화가 너무 그림 같았다. 곳곳에 보이는 꽃들. 예쁜 꽃 아래에서 미소를 안 지을 수가 없는 예쁜 순간들. 어느 꽃은 딱 이 시기에만 볼 수 있어, 더 소중하고 아름답고, 질 때가 되면 주체할 수 없을 정도로 아쉬웠다. 노트르담 대성당 뒤편 광장에 꽃들이 만개해 성당과 예쁘게 어우러지는 절경을 볼 수도 있었다. 파리에서 지나가는 봄치고 붙잡고 싶지 않았던 봄은 없었다.

걷고 생각하는 중에 어렴풋이 누군가 중국어와 프랑스어로 말을 거는 것 같았다. 중국어는 잘 모르나 몇 단어

과거와의 네 가지 해후

를 알아 중국어로 추측했을 따름이었다. 물론 그한테 말을 거는 거라고는 전혀 생각도 안 했다. 계속 같은 소리가 귓가에 맴돌아 이상해하며 고개를 소리 나는 방향으로 돌렸다. 동양 여인이 있었다. 중국 여인이 거의 확실해 보였다. 상상이 아니라 무슨 말을 현실로 하는 것 같아 귀를 기울였다.

"여기 스탕달 작가의 묘지가 어딘지요?"

유창하지는 않았으나 프랑스어였다. 장소를 알려주기 전에 우선 왜 찾는지 이유를 잠깐 들어보았다. 중국 상하이 신문 기자인데 파리 등을 취재차 왔다고 했다. 이름은 양지아후이楊佳慧. 양가혜 라고 하였다.

"그러시군요. 먼 길을 오셨네요."

조선 여인은 아니나 조선 근처 동양계 여인이라 반가웠다. 조선은 차치하더라도 동양 여인도 파리에서는 잘 볼 수가 없었다. 그리 멀리서 취재차 왔다고 하고, 양 기자의 품위 있으면서도 동양적 아름다운 모습에 자연스레 스탕달 묘지까지 안내를 하게 되었다.

"저는 처음에 중국인인 줄 알았어요. 여기 명문대학에

서 공부와 연구를 하시니 부럽습니다."

묘지로 가는 동안 알퐁스의 간략한 자기소개를 들은 양기자가 말했다. 파리의 조선 남자를 상상할 수도 없는 시대였으니 그녀의 오해는 그럴만했다.

알퐁스는 아주 자연스럽게 그녀를 스탕달 묘지 말고도 공동묘지 여기저기를 안내하는 사람으로 되어버렸다. 알퐁스의 안내는 그녀가 동양적 미모와 지성이 결합된 뭔지 모를 매력이 있는 여인이어서 그랬을 뿐 아니라, 파리를 모르는 같은 동양인을 내버려 둘 수가 없는 탓이기도 했다.

"감사합니다. 오늘 갑자기 수고 많으셨어요. 어차피 저녁도 먹어야 하니 좋은 레스토랑 소개해 주세요. 추가로 취재 상의할 것도 있고요."

그녀는 알퐁스의 반응을 확인하는 듯 잠시 그를 쳐다보더니 말을 계속했다.

"저녁은 제가 살게요. 취재차 가는 것이고, 취재비 가지고 온 것이 있어요."

마침 저녁에 별 약속도 없었고, 거기서 그리 멀지 않은

과거와의 네 가지 해후

대학 근처에 다소 괜찮은 레스토랑이 있어 그곳으로 같이 이동하였다. 그 루브르 박물관 근처 카페는 더 멀고 두 여인과의 연애의 기억이 있는 곳이라 이 초면의 양 기자와 가기에는 은근히 찜찜하였다. 뱅루즈는 그에게 일임하여 간단히 시켰는데 식사 주문에는 좀 시간이 걸렸다. 그녀가 그 레스토랑 메뉴를 대충 이해하고 음식을 시킨다고 하여 그가 얘기도 하고 종업원이 와서 설명도 하고 하였다. 호기심도 있으나 취재하고도 관련되는 듯하였다.

뱅루즈로 건배를 하며 알퐁스가 오늘 뭐 별로 한 것도 없다 했더니, 그녀는 다 끝난 것이 아니라 이제부터 며칠에 걸쳐 파리 여기저기를 보여 달라고 하였다. 점입가경이었다. 그러나 알퐁스는 싫지는 않았다. 그녀가 뭐를 취재하는지도 궁금하였고 조선과 같은 동양인 중국에 파리를 소개하는 데 자신이 일익을 담당하여 잘 소개되면 좋겠다는 마음도 있었다. 더하여 그가 계획하지도 않았는데 이런 중국 지성 미녀와 며칠 시간을 갖는다는 것도 큰 행운이라는 생각도 들었다.

알퐁스는 연구소에 나가 할 일이 없지는 않으나, 좀 미루거나 안 만나는 시간에 잠깐 나가서 처리하면 된다고 생각했다. 알퐁스는 갑자기 자신이 여유로운 사람이 된 것 같았다. 주어진 시간 속에서 인간의 운명이 얼마나 바뀔 수 있을까에 대한 실험이 기다리고 있는 것 같은 느낌도 뇌리를 스쳐 지나갔다.

그녀는 자신이 스탕달에 관심을 보였던 이유를 저녁을 먹으면서 설명하였다. 스탕달의 대표작은 〈적과 흑〉이다. 프랑스 왕정복고기의 이야기를 그린 소설이다. 이 소설이 인기를 얻어 루이 18세의 만년에서부터 7월 혁명까지의 시대를 적과 흑의 시대로 칭하기도 했다. 계급 사회적 분위기가 팽배해있던 당대의 시대상 속에서 평민 주인공의 벼락출세부터 파멸까지를 모두 다룬 명작이다. 또한, 연애 심리적인 측면도 꽤 다루고 있다. 왕정복고니 계급 사회적 분위기들이 그녀의 상하이를 필두로 한 중국 상황과 많이 연관되어 관심이 많다는 얘기였다.

1918년 세계 제1차 대전 막바지에 중국은 연합국의 일원이 되어 독일에 선전포고를 하였다. 중국은 종전 후 일본에 의해 무단 점령된 산둥山東. 산둥 지역의 회복을 기대하였으나 결국은 실패하였다. 1919년 5월 4일 베이징에서 일본과 베이징의 북양 정부를 반대하는 대규모 시위가 일어났다. 학생들이 주를 이룬 이 시위는 지식인을 비롯한 많은 중국인들의 민족 감정을 촉발하여 5·4 운동으로 발전하였다. 당시 중국의 지식인들은 봉건 잔재의 청산과 민주주의, 과학 계몽 등을 주장한 신문화운동을 펼쳤다. 5·4 운동은 이러한 신문화운동의 정점에서 일어난 사건으로 이후 중국의 정치 상황을 크게 바꾸었다.

1919년 10월 쑨원孫文. 손문은 북양 정부에 대항하여 상하이에서 중국국민당을 재건하였다. 당시 국민당은 군벌들의 승인 아래 형식적 적법성을 유지하며 서양과 연계되어 있었다. 이에 쑨원은 1920년 소련과 외교 관계를 맺었다. 당시 소련은 중국의 혁명을 서구 제국주의에 대항하는 전선의 일환으로 파악하고 있었고 중국 내에서 협력 가능한 세력을 찾고 있었다. 소련은 임시방편으로 국민당과 중국공산당을 모두 지원하는 정책을 취하였다.

식사하며 뱅루즈도 여러 잔 하면서 좀 더 친해졌을 때, 그녀는 파리에 있는 중국인들도 수배해 놓았는데 모두 나이도 있고 하여 알퐁스에게 특별히 안내를 부탁했다며, 영광으로 알라는 투였다. 물론 농담도 섞어서. 그녀는 일정 중 한두 번 중국식 저녁 식사 대접을 받을 거라며, 알퐁스가 원하면 같이 가도 좋다고 하였다. 알퐁스는 중국식 식사도, 파리의 중국인 생활도 궁금하고, 그녀의 호의를 거절하기도 뭐해 같이 가겠다고 하였다. 그래야 그녀와 가능한 오랜 시간을 가질 수 있다는 생각이 본능적으로 든 것도 같았다.

다음 날은 파리의 아니 프랑스의 정치 관련 취재였다. 중국이 이제 추진하려 하는 공화정에 대해서 프랑스는 이미 세계 선두주자였다. 그런 점에서 첫 번째 취재내용으로 정치를 택한 거로 이해했다. 관련 서적을 구매하여 대략 읽고 최근 신문에서 관련 내용을 정리하고 그 내용을 요약하는 일을 알퐁스가 크게 도와주었다. 물론 그가 아는 프랑스 정치 상식도 알려주었다. 시간상 많이는 못 갔으나 의회 등 정치기관들 몇 군데 사진이라도 찍기 위해 방문도

과거와의 네 가지 해후

하였다. 사진기는 그녀가 취재차 가지고 왔다. 아주 바빴던 하루였다.

당시 프랑스 제3공화국에서는 내각제 중심의 대통령제를 정치체제로 삼았다. 명목상으로는 대통령이 국가의 원수였지만 프랑스 제2공화국 시절의 반성을 토대로 대통령은 실권이 없는 상징적인 존재에 머물렀고, 실권은 내각과 의회의 손안에 있었다. 대통령은 상원과 하원의 동시 표결을 거쳐서 선출되었으나, 관리의 임명권과 면직권 역시 대통령이 아니라 내각이 지니고 있었다.

1918년 제1차 세계대전이 끝난 이후 주로 리버럴 중도 급진당이 주도했던 프랑스 제3공화정 후반기의 역사는 급진당 내부 계파의 성향에 따라 연정 대상이 달라져 1920년에는 우파가 그 대상이었다. 뚜렷한 정치 비전 없이 좌·우파를 갈팡질팡하는 모습을 보였다. 그리고 이런 모습은 1차 대전과 나중에 대공황의 충격에서 프랑스가 완벽히 벗어나는 것을 방해했고, 극우파 연맹과 극좌파 공산당의 계속되는 반공화국적 행동 역시 제3공화국에 부담이 되었다. 즉 무능한 민주주의의 예였다.

그때의 우파와 중도파는 블록 나쇼날 연맹을 결성하고 볼셰비키 배척과 애국주의를 앞세우고 있었다. 블록 나쇼날의 우파 내각은 이전의 강력한 정교분리 정책에도 불구하고 교황령과 외교를 재개하고 가톨릭에 호의적인 정책을 펼쳤다. 블록 나쇼날은 여지없이 보수적이고 반공산주의적 정책을 펼쳤고 1920년의 대대적인 파업을 강력하게 진압했다. 또 프랑스를 재건하고 전쟁 피해자와 유족들에게 배상하기 위해 세금을 올렸다. 그러나 국고 지출을 크게 늘림에도 금리를 하향 조정할 것을 끝끝내 거부해 몇 년 뒤 경제공황을 유발시켰다.

알퐁스와 양 기자는 거의 하루 종일 같이 지내다 보니 단 하루인데도 파리 취재 안내인지, 동료인지, 둘의 데이트인지를 구별하기 어렵게 되어버렸다. 팀워크가 생각보다 잘 이루어졌다. 취재 도중에 또는 취재 정리 차 간단한 식사, 커피 등을 위해 카페 등도 여러 번 들렀다. 그 사이 자연스레 손 정도는 스치고 잡게 되었다.

과거와의 네 가지 해후

그날의 취재가 마무리되었다. 물론 이미 저녁 시간이었다. 그가 제일 좋아하는 루브르 박물관 근처 카페로 안내했다. 일이 끝난 곳에서 멀지도 않고 꽤 피곤도 하였다. 양 기자도 이미 그 카페에 가볼 만한 자격을 갖춰가는 듯도 했다. 카페에 도착해서도 뱅루즈를 시켜놓고 취재 마무리하느라 정신이 없었다. 알퐁스도 어느새 반은 기자가 되었다. 자료 내용 추가 파악과 정리, 그리고 내용 파악된 추가 자료의 요약 등이 황급히 이루어졌다. 뱅루즈도 마시고 싶었고 배도 고팠으나 이를 먼저 처리해야 했다. 마지막 정리와 기사화 작업은 양 기자가 호텔로 돌아가 할 일이었다.

"이 정도 하고 저녁 식사하며 쉽시다."

둘이 이구동성으로 말하며 잔에 이미 따라놓은 약간 산화된 뱅루즈로 건배를 하였다. 그는 급히 식사를 주문하였다.

"오늘 수고 많으셨어요. 대학에서 과학연구 그만하시고 기자 하셔도 충분하고도 남을 것 같아요. 사실 제가 기자를 계속할까 고민 중이에요."

그가 의아해하자 그녀는 뱅루즈 한 모금을 마시고 자기 얘기를 시작했다.

양지아후이는 상하이에서 멀지 않은 제장浙江. 절강 성의 중심인 항저우杭州. 항주 근처의 꽤 유복한 가정에서 태어났다. 그녀의 표현에 따르면 '봉건적인 사회에서 반쯤 개화된 가정'이었다. 덕분에 지아후이는 어머니가 묶어준 전족을 하루 만에 풀어 버릴 수도, 어렸을 때 아버지가 술김에 정한 약혼자와 파혼할 수도 있었다. 그러나 이러한 일들로 그녀는 고향에서 차분히 자라기가 어려워졌다. 이게 전화위복이었는지 이 덕분에 그녀는 고향을 떠나 상하이로 유학 와서 신식교육을 받을 수 있었다.

상하이에서 여자사범학교에 입학한 그녀는 졸업한 후 교사로 취직하지 않고 상급 학교인 여자고등사범학교에 입학하였다. 얼마 후 일본에서 공부할 기회가 생겨 거기서 프랑스 어문학을 공부하고 상하이신문사에 자리를 얻어 다시 상하이로 돌아왔다. 돌아오자 얼마 후 5·4 운동을 목격하고 여성운동과 애국 운동에 적극 참여하게 되었다.

과거와의 네 가지 해후

알퐁스가 건배를 다시 제의했다. 생각보다 대단한 그녀의 경력과 훌륭한 사고와 행동에 대한 진심 어린 칭송이었다. 음식 접시들이 많이 비워져 간단한 요리 하나와 뱅루즈를 한 병 더 주문하였다. 이렇게 파리에 있다 보면 세계의 중심도시답게 전 세계에서 온 대단하고 훌륭한 인사들을 만날 수가 있었다.

지아후이는 기자 초기에 공산주의 사상에도 상당히 빠져들었다. 주위에 많은 지성인들이 공산주의자였던 탓도 컸다. 중국의 기존 정치세력의 부패와 무능에 실망하여 중국 공산당 활동에 본격 투신할까 고민 중이라는 얘기였다. 이번 취재도 사실 이와 관계되어 상하이에서의 먼 길을 선뜻 나선 것이란다. 신문사에서는 유명한 프랑스 공화정 등 선진 정치와 세계 최고의 문화가 파리에서 어떻게 유지되는지를 취재하라고 하였다. 프랑스 정치를 알아보다 보면 프랑스의 강력한 공산당에 대해서도 공부할 수가 있겠다는 것도 파리에 기쁘게 온 이유였다.

그녀는 어느 한 해는 '국제부인國際婦人데이'(3월 8일, 오늘

날의 세계 여성의 날)에 부녀들의 단결과 위력을 세계 각
국의 부녀들이 국제적으로 기념하는 날이니 중국에서도
이날을 기해 부녀 권익 증진에 박차를 가하자라는 내용의
칼럼을 신문에 싣기도 하였다. 그녀는 신문의 여러 부서에
서 근무하였는데 모두 훌륭히 소화해냈고, 남자 기자들과
마찬가지로 교통편이 불편한 농촌이나 오지 현장의 취재
에도 직접 뛰어다녔다. 지금처럼 외국 취재도 적극적으로
임했다.

지아후이는 연애는 적지 않게 했는데 아직 결혼한 적은
없다는 말도 쉽게 내뱉었다. 자유로운 영혼의 그녀였다.
부모님 허락 같은 거 상관없이 어떤 기자와 결혼이 아니라
잠시 동거도 했다는 사실도 파리 문화예술인들 뺨치도록
거리낌 없이 털어놓았다.

알퐁스는 그녀한테 새로운 매력을 느끼고 그녀가 신비
스럽기까지 하였다. 한편으론 자신이 프랑스 파리에 살아
도 모든 점에서 앞서나가는 그런 사고와 행동의 여인을 처
음 만나는 거라 겁도 나고 어찌 그녀를 이끌어야 하는지

알기 어려웠다. 사실 그가 그녀를 이끌 수 있는가도 확실하지 않았지만. 그녀의 그런 자유로운 남녀 관계는 상하이에서는 꽤 소문이 난 듯했으나 그녀는 주위의 그런 시선에 별로 개의치 않는 것 같았다. 오히려 당당히 아직 성적 해방이 어렵고 경제적 능력이 떨어지는 중국 여성에게 사회가 일방적으로 이런저런 것을 요구하는 것은, 여성의 본능을 무시하고 억압을 실행하는 행위라고 과감한 주장도 하였다.

알퐁스에게는 이런 그녀의 모든 것이 무척 신선하면서도 엄청난 일로 다가왔다. 프랑스 파리에서도 어쩌다 듣는 정도에 불과했던 일을 유교적 사회인 동양에서 직접 실행했던 여인을 이렇게 파리에서 만나니 알퐁스는 얼떨떨했다. 그녀의 자유분방함과 시대를 앞서나감에 그로서는 존경심이 들기는 했으나 알퐁스 자신에게는 별로 어울리지는 않는 여인 같다는 생각이 점점 강해졌다. 같이 일하며 점점 연애하는 듯한 감정이 들어가고 있었으나 그냥 그 정도가 전부이지 않겠나 하는 자신 없는 생각이 스쳐 갔다.

단아하고 순수해만 보이는 그녀의 어디에서 그런 강단이 나오는지 알 수가 없었다. 그가 그녀를 처음 봤을 때는 다소 촌스러우나 우아한 느낌을 주는 그런 동양 여인이었다. 기자라는 일 때문에 다소 외향적이고 적극적으로 변했다는 느낌을 지울 수 없었다. 물론 그때 동양의 국제도시인 상하이가 그녀의 주 무대라서 그런 행동들이 이루어졌을 수도 있겠다고 생각이 들고 일부 수긍도 되었다.

다음 날 취재 분야는 문화였다. 어제의 정치 취재는 이거에 비하면 참으로 아무것도 아니었다. 이런 방대한 분야를, 세계를 인도하는 그 엄청난 분야를 하루에 취재한다는 것은 말도 안 되는 임무였다. 그러나 그녀의 일정상 도리가 없었다. 주마간산 식으로라도 할 수밖에 없었다. 따라서 계획이 더욱 중요하게 되었다. 둘은 나름 더 면밀히 계획을 세우는 것밖에는 다른 도리가 없었다. 그녀가 문학 전공에다 기자이니 그 기획을 주도했다. 그는 그저 간간이 거드는 정도에 불과했다. 특히 미술과 문학과 패션을 중심으로 진행하기로 하였다.

과거와의 네 가지 해후

프랑스 파리에는 1920년과 그 후 얼마간 세상에 없던 문화예술이 쏟아진 시기였다. 파리는 언제나 축제였고 문화예술의 황금시대를 펼쳐나가는 장소였다. 동시에 광란의 시대로 불릴 정도로 이 시기 파리는 역동적이고 극적이었다. 세계 문화예술 역사에서도 손꼽히는 시간과 장소였다. 제1차 세계대전이라는 큰 전쟁이 모든 것을 바꿔놓은 시대에 새로움을 갈구하는 혁신가들이 잇달아 파리에 등장하기 시작하였다. 당연시되던 것에 균열을 일으키는 것이 예술이고, 예술가란 무언가를 위해 실험하고 지속적으로 다른 모습을 찾으려고 노력하는 사람들이니 이상할 것도 없었다.

전쟁 후 생겨난 중요한 미술운동은 입체주의와 초현실주의였다. 당시 초창기였던 초현실주의 운동은 그때까지 회화의 중심 과제였던 조형성의 문제보다는 무의식이라고 하는 인간 활동의 미지의 영역에 눈을 돌려 현대회화 전반에 걸쳐 커다란 영향을 끼쳤다.

그때 이런 새로운 미술운동과 거리가 멀었던 앙리 마티

스와 입체주의의 파블로 피카소는 어쨌든 친구였다. 둘은 자주 함께 어울렸으며 서로의 작품을 교환하기도 했다. 피카소와 마티스는 20세기 미술의 모습을 바꿔놓았다. 마티스는 결코 인상주의 화가도, 신인상주의 화가도, 입체주의 화가도 아니었다. 그는 그들을 존경했으며, 또 그들 작품의 요소들을 실험하기도 했지만, 항상 자신만의 미술을 추구하며 개성적인 양식을 창조했다.

그런 것들이 세계 미술의 중심인 파리를 만들고 있었다. 몇 해 전에 이제 파리를 떠날 때가 왔다고 생각한 마티스는 프랑스 남부 리비에라에 있는 니스로 갔다. 그곳에서 그렸던 매력적이고 관능적인 그림에서, 그의 미술 양식과 색채 사용은 더욱 강렬하고 분명해졌다. 피카소도 이때 입체주의에서 초현실주의 양식으로 옮겨가고 있었다.

당시 프랑스 문학은 예술을 사랑하여 파리에 모여든 영미의 문학가들에게 큰 영향을 받았다. 아니 상호 작용을 하였다는 게 더 맞을 것이다. 듬직한 풍채의 미국 출신 여성 소설가 거트루트 스타인, 신경질적인 인상을 주는 빼

빼 마른 아일랜드의 소설가이자 시인인 제임스 조이스 등이 그 중심이었다. 물론 앙드레 지드와 같은 프랑스 문학가도 있었다.

스타인은 이미 파리로 옮겨 와있었고 소설이나 시에서 대담한 언어상의 실험을 시도했을 뿐만 아니라 새로운 예술운동의 비호자로 활동하였다. 마티스, 피카소, 지드를 비롯한 많은 젊은 작가나 화가와 교우 관계도 맺었다. 그녀는 제1차 세계대전 전후에 모더니스트로서 활약한 한 사람으로 '로스트 제너레이션(잃어버린 세대)'이란 말을 처음 사용하기도 하였다. 작가로서 이제 이름을 알리기 시작한 미국인 어니스트 헤밍웨이도 파리에 있었다. 춥고 배고팠으나 진실한 작품에 대한 꿈을 막 결혼한 아내나 그 누구라도 붙잡고 토해내던 아름다운 때였다.

조이스는 20세기 문학에 커다란 변혁을 초래한 작가였다. 아일랜드의 문예부흥운동에 반발하여 학교 졸업과 동시에 이미 파리로 갔으며, 영어교사로 러시아와 이탈리아 등지에서 살았다. 당시에 파리로 다시 옮겨 새로운 문학의 핵심적 존재로 활약하였고 주변에 각국의 시인과 작가들이 모여들었다. 국외를 방랑하며 빈곤과 고독 속에서 눈병에 시달리면서도 전인미답의 문학작품을 계속 집필하였는데, 작품 대부분이 아일랜드·더블린·더블린사람들을 대상으로 한 것이었다.

지드는 문학의 여러 가능성을 실험한 프랑스 소설가였다. 프랑스 문단에 새로운 기풍을 불어넣어 20세기 문학의 진전에 지대한 공헌을 하였으며 현대소설에 자극을 줬다. 변신을 거듭하면서 삶의 온갖 측면을 통찰하고 문학의 여러 가능성을 실험해 나갔다. 지드의 진실한 특징은 바로 이 규정지을 수 없는 다양성 속에 있었다. 내적 자아를 살피는 프랑스 특유의 모럴리스트들의 전통을 이은 작품들을 내었으며, 종교적 계율이 가져오는 위선과 비극을 그렸다.

패션 디자이너 코코 샤넬의 성공은 1차 대전 이후 급격히 변한 사회를 대변했다. 코르셋 없는 티셔츠 등 남성복에서 영감을 얻은 샤넬의 실용적인 옷들은 세계 여성 패

과거와의 네 가지 해후

선계에 일대 지각변동을 일으켰다. 타오르던 그 광란에 대한 생각만으로도 흥분과 얼굴 가득히 번지는 미소를 거둘 수 없었던 그런 때였다.

화가를 꿈꾸던 만 레이는 그리고 싶지 않은 것들을 카메라에 찍다가 사진예술의 개척자가 되었다. 인상주의 작곡가 모리스 라벨은 자신의 주요작품을 생전에 녹음한 최초의 작곡가가 됐다. 이런 천재예술가들이 여기저기서 혹은 한 덩어리로 활약하던 놀라운 프랑스 파리의 예술이었다.

이렇게 정리하니 내일 취재 일정이 자연스럽게 나왔다. 정리하는 도중에 발휘된 그녀의 프랑스 문학과 예술에 대한 교양과 지식은 역시 대단했다. 미술가와 문학가 몇 사람 만나는 것을 시도하기로 했다. 개인적으로 연락하기에는 이미 늦었으니 그들이 낮에 모이는 데를 가보고 안 보이면 밤에 모이는 곳을 찾아가 보기로 하였다. 그녀가 제공하고 그가 확인한 정보였다.

우선 낮에 '셰익스피어 앤드 컴패니' 서점 그리고 곧이어 맞은편의 '라 메종 데 자미 리브르' 서점에 가고, 미술관들도 시간이 되면 잠시 둘러보든가 사진만 찍기로 하였다. 저녁과 밤에는 거트루트 스타인의 살롱, 라 로톤드 대형카페, 생 제르멩 거리의 카페 뒤 마고 등을 시간이 되거나 인사들을 만나는 정도에 따라 취재하기로 하였다. 봐서 거기 어디서 그들 자신의 식사와 뱅루즈를 하기로 하였다. 예정되어 있던 파리 중국인들의 중국식 저녁 만찬 초대는 다음 날로 미뤄달라고 청하였다. 취재에 그리고 나중 기사에 잘 활용할 수 있게 그날 저녁 나온 얘기들을 알퐁스가 정리하기로 하였다.

관련 서적을 구매하여 대략 읽고 최근 신문에서 관련 내용을 정리하고 그 내용을 요약하는 일을 알퐁스가 도와주었다. 그녀에게서 기사나 글을 비전통적인 구조로 쓰려면 누가 읽을 거라고 가정하지 않고 자유롭게 쓰면 대략 그렇게 될 수 있다는 것도 배웠다. 좋은 글을 쓴다는 것은 늘 어떤 상황에 내재한 신비에 관해 파고드는 것이라는 사실도 배웠다. 쓰면서 그 미스터리에 대해 어떤 통찰력을 얻을 수 있지 않을까 희망하면서. 글감이 좋은지 아닌지,

과거와의 네 가지 해후

사람들이 어떻게 생각할지는 나중 문제라는 얘기였다. 일단 어떻게든 완성해내는 게 중요하다는 점도 강조하였다. 물론 그가 아는 프랑스 예술 상식도 알려주었으나 그녀가 이 분야 전문이라 별 도움은 되지 않았다.

역시 매우 바빴던 하루였다. 이런저런 일을 다 하고 라 로톤드 대형카페에 와서 취재도 좀 하고, 두 사람은 식사와 뱅루즈를 하고 있었다. 서점에서는 물론이고 카페나 바의 시끄러운 소리 속에서도 그들은 할 일을 다 하였다. 그 사이 자연스레 손도 잡았고, 가벼운 포옹도 하였다. 하루종일 예술적인 분위기에 있다 보니 그런 체험을 하게 된 점도 있었다. 그런 장면을 많이 보게 되었으니. 그러나 그이상은 두 사람 정서에 무리였고 기간도 너무 짧았고 너무바빴다. 물론 그럴 이유도 별로 없었다. 하지만 둘은 마치동료이자 약혼한 듯한 기분이었다. 알퐁스 혼자의 느낌인지도 몰랐다. 이번 취재가 끝나면 언제 다시 만나고 언제결혼할 것인지는 생각을 전혀 한 적도 없었으면서….

다음 날은 프랑스의 문화예술과 정치에 대해 빠진 부분

을 채우고 연기된 파리 중국인들 초청 중국식 만찬에 참석하여 좀 쉬며 즐기면서 그들의 프랑스의 문화·예술과 정치에 대한 견해를 듣기로 하였다. 물론 그들의 파리 생활도. 그날은 너무 피곤하였으나 빠진 것들이 무엇인지 검토하는 논의를 하였다.

애기를 나누다 보니 정치 쪽으로는 어느 정도 된 것 같았으나 문화예술 분야는 좀 부족한 것으로 결론이 났다. 아마도 그녀가 그쪽이 전공이라 뭔가 아직 부족한 모양이었다. 그녀의 말에 따르면 못 만나거나 별 대화를 나누지 못한 예술가들이 있고 1차 정리한 내용이 깊이가 좀 부족한 것 같다는 자체 지적이었다. 당연히 그에 따라 다음 날 일정이 정해졌다. 취재 보충 후 중국식 만찬 참석이었다. 사실 거기도 프랑스 정치와 문화예술 등에 대한 그들의 견해를 듣는 취재의 자리가 될 거로 보였다.

다음 날 일정은 이른 오후 좀 지나자 끝났다. 파리의 중국인들과의 만찬까지는 시간이 꽤 남았다. 둘은 오늘 취재 정리를 할 겸 휴식도 취할 겸 내일 취재에 대한 애기도 미리 하기 위해 근처 카페에 자리를 잡았다. 그날 취재 정리는 다소 간단한 편이었다. 결국, 못 만난 예술가는 자료로 대신하기로 하였다. 그 얘기는 제법 간단히 끝나고 하지 못했던 둘 자신에 대한 얘기로 자연스레 넘어갔다. 둘의 사이가 가까워졌는데도 취재에 바빠 정신이 없다 모처럼 시간이 나니 당연히 서로에 대해 궁금한 점들을 듣고 싶었을 뿐이었다.

그녀는 사실 본인이 전면에 나서 적극적으로 활동하기보다는 훌륭한 남자를 만나 그를 뒤에서 적극적으로 돕고, 그를 통해 자기가 하고자 하는 바를 성취하는 게 가장 좋은 길이라는 생각이 최근 들어 종종 든다고 했다. 그로서는 상당히 뜻밖인 그녀의 솔직한 고백이었다. 물론 중국의 당시 상황을 고려한 얘기로 이해되었다. 아무리 개인이 똑똑해도 거대한 체제 앞에서는 미약한 존재에 불과한 모양이었다. 그래서 적절한 남자가 눈앞에 나타나면 기자도 그만둘 생각이 종종 턱밑까지 차오르곤 했다고 한다. 그녀는 나름 활발히 사회활동을 하였으나 아직 시절이 특히 중국을 비롯한 동양에서는 여자가 직접 사회 전면에 나서

기는 부담이 될 수밖에 없음을 보여주었다.

그녀 자신도 보다 선구적 여성이 되는 데는 역량이 부족함을 스스로 느끼고 있었고, 그녀의 가문을 포함한 정치 사회적 배경도 보잘것없는 상태였다. 물론 현실적으로 당시 중국에서 여성들이 받던 낮은 임금 탓도 있었을 것이다. 안정적 내조를 통해 자신의 남자로 하여금 또는 공동으로 질적·양적으로 뛰어난 성취를 이루고 싶은 마음도 작용했을 것이다. 그러나 그 남자가 실제로 빛나는 성취를 이룬다면 그 똑똑했던 신여성 양지아후이는 그 남자를 계속 내조하며 과연 어떤 생각을 할지는 또 다른 얘기였다.

그녀 얘기만 계속 들을 수는 없어 알퐁스도 커피를 한모금 마시고 자신에 대한 보다 자세한 소개에 들어갔다. 연구하는 일에 대한 보다 자세한 얘기. 물론 그녀는 큰 흥미를 보이지는 않았다. 어려서 자라던 아프리카 얘기, 그리고 거기서 부부 의사로 일하는 부모 얘기 등등. 그녀는 아프리카와 거기서 의료봉사나 다름없는 의사 생활을 하는 알퐁스 부모에 매우 관심을 보이며 어떻게 동양인이 거

과거와의 네 가지 해후

기까지 진출하였고 어쩌다가 그런 고결한 직업에 종사하는지 존경스럽다는 말도 하였다. 그를 보는 태도도 조금 달라진 듯하였다. 알퐁스는 이런 것이 가문의 후광인가도 싶었다.

알퐁스는 그녀가 결혼할 남편의 어떤 생각에 순순히 따라서, 그 작업의 의미를 깊이 있게 인식하지 못한 상태에서 전심전력으로 그런 일에 몰두한다면 다소 억울한 마음이 생기지 않을까 생각했다. 그것이 그녀가 원한 일이라고도 해도. 그녀는 일 문제에서만큼은 선택의 권리를 포기하는 것이 되기 때문이다. 결국 나중에 그 남편에게 불만과 반항이 분명히 생겨날 것 같았다. 알퐁스는 여러 생각을 하며 그녀가 기자를 그만두는 것을 심각하게 검토한다는 걸 알 수 있었다. 한편으론 어떻게 하는 게 좋은지 그녀가 많이 고민하는 것도 느낄 수 있었다.

더구나 그녀가 어느 정도 마음에 두고 있는 남자가 연상에다 본처가 살아있는 것 같았다. 그러나 그녀는 당시 중국 여성으로는 쉽지 않게 성에 대해 자유로운 생각과 더불어 그런 것에 대해 별로 개의치 않는 것 같았다. 둘이 서로 사랑하고 존경한다면. 정식으로 결혼식을 올리거나 혼인 서류 정리를 당장 하지 않아도 개의치 않는다고 했다. 참으로 거리낌이 없는 여인이었다. 그런 거는 다 봉건 예교禮敎의 한 희생일 뿐이라고 생각하는 그녀였다.

만찬 시간도 얼마 남지 않아 급히 화제를 꼭 애기해야 할 내일 취재로 돌렸다. 그녀가 주로 결정할 사항이었다. 그녀는 두 가지 중 고민을 하고 있다고 했다. 파리의 중국인과 프랑스의 과학. 원래는 전자였는데 과학을 하는 알퐁스 때문에 후자를 심각하게 고려하고 있다고 했다. 사실 그때 프랑스가 세계 과학 선진국의 하나이기도 했고. 물론 최강은 아니었으나. 그는 원래대로 하라고 적극 추천하였다. 그게 중국신문에 싣는 거라 의미가 있을 것 같고 과학의 본류인 물리학이나 화학 그리고 생리 의학 관련 프랑스 사정을 그도 잘 알지 못하여 좋은 취재를 못 할 수도 있기 때문이었다.

알퐁스는 사실 파리의 중국인들이 어찌 지내는지 궁금

하기도 하였다. 이에 대한 자세한 취재내용은 파리 중국 인들과의 만찬에서 전문가들이 거기 있으니 그들 얘기를 들어보고 상의하여 정하기로 하였다. 만찬 장소는 파리 3 구역의 마레 지역에 있었다. 여기서 예상보다 많은 얘기를 나누어 그들은 황급히 그쪽으로 이동하기 시작하였다.

도착한 곳은 어느 중국인이 거주하는 제법 큰 아파트였 다. 벌써 거실에는 주인인 듯한 부부를 포함해 네 중국인 부부가 모여 있었다. 아파트의 실내는 프랑스 물건들과 중 국 것들이 적절히 조화를 이루고 있었다. 그럼에도 불구 하고 중국 물건들이 풍기는 강렬함과 이국적 모습 때문인 지 얼핏 실내가 중국식으로만 장식된 느낌을 주었다.

우선 실내에 있는 인사들과 인사를 나누었다. 그녀조차 도 주인 남자인 왕 선생을 제외하고는 모두 처음 보는 듯 했다. 그녀가 중국어로 나를 소개하는 것 같았다. 중국 남 자들이 그에게 악수를 청했다. 중국인들 일부는 프랑스 어를 좀 하는 듯했다. 다행이었다. 만찬 동안 완전히 꿔다 놓은 보릿자루 행세는 조금 벗어날 듯 보였다. 그녀와 그도 거실에서 중국 차를 한잔 마셨다. 그동안에도 그 중국인들과 그녀는 계속 대화를 나누었다. 그는 무슨 말인지 도무지 알아들을 수가 없었다. 그녀가 간간이 그를 쳐다보며 프랑스어로 통역을 해주었다. 배려심 깊은 여인.

사실 알퐁스는 그녀가 대단한 여인이라는 거를 점점 알아가며 그녀를 만나고 처음에 품었던 남녀로서의 감정은 차츰 사라짐을 느끼고 있었다. 물론 그녀에게 인간적 매력은 너무 끌리는 중이었다. 그도 이미 프랑스 남부 미녀나 아프리카 S국 출신 예쁜 여인을 만난 적은 있으나 너무 온실에서 자라서 그런지, 대단한 여인을 품에 안기는 부담이 되었다.

그녀가 상하이나 중국 사정을 얘기해주고 다른 중국인들은 그에 대한 답으로 파리나 유럽 얘기와 거기에 있는 중국인들 상황을 전하는 것 같았다. 아직 내일 취재에 대해서는 그녀가 얘기를 안 꺼낸 거로 판단됐다.

얼마 후 집주인 여자가 일행을 식당으로 안내하였다. 중

과거와의 네 가지 해후

국식 회전 원형 테이블이었다. 그에게는 처음 경험이었다. 주인 여자가 지정해주는 대로 자리에 앉았다. 역시 그는 그녀 옆이었다. 그녀가 앉았던 좌석이 주빈석이라는 것을 나중 알았다. 당연하기도 하였다. 그에게는 신기하고 진미인 음식들이 차례로 나와 원형 테이블 위에 쌓여갔다. 자기가 원하는 음식을 앞으로 가져오려면 어떻게 테이블을 회전시키는지도 배웠다. 주인 남자 건배 청에 따라 중국 백주도 한 잔씩 했다. 얼마 후 그녀가 당당히 일어나 환영에 대한 답사를 했다.

이런저런 감사의 말 말미에 파리의 중국인에 대해 취재를 하기로 했으니 그 순간부터 그 다음 날까지 협조 부탁드린다고 했다. 다행히 그의 옆에 앉은 프랑스어를 좀 하는 중국부인이 군데군데 통역을 해주었다. 역시 똑똑하고 적극적인 그녀였다. 테이블에 있던 사람들 모두 고개를 끄떡였다. 괜찮고 좋다는 반응이었다. 일부는 자기네들을 취재하여 상하이에 있는 신문에 보도한다는 것에 대해 그녀에게 고마움을 표했다.

그녀는 기자답게 좌석에 앉자마자 좌중들에게 어떤 식

으로 취재하면 좋은가 묻기 시작하였다. 이런저런 얘기들이 쏟아져 나왔고 그녀가 간간이 중요한 점을 그에게 통역해주었다. 음식은 굉장히 맛이 있었다. 특히 알퐁스에게 그랬다. 동양 음식에 대한 회귀본능이었나.

독한 중국 백주 때문에 모두 다소간 취한 분위기로 끝이 났다. 물론 그 전에 돌아가며 건배사니 자기 얘기들을 했다. 알퐁스 차례도 어김없이 다가와 프랑스어로 너무 맛있고 초청해 주셔서 고맙다는 말을 하였다. 두서없이 해서 내용을 본인도 다 기억을 못 하였다. 확실히 기억이 나는 하나는 쓸데없는 말이었는지, 꼭 하고 싶었던 것이었는지 모르겠으나 그녀가 시대를 앞서 살아가는 대단한 여인이라는 말이다. 좌중의 반응이 어땠는지는 모르겠으나 그는 처음 마신 백주에 꽤 취해서 그런 것을 알아챌 수도 없었다. 그녀 귀국 전날 다시 여기서나 아니면 근처 다른 중국인 집에서 모이기로 하였다. 외국에서 만난 동양인 동족끼리의 끈끈한 배려였다.

다들 기분 좋게 초대받은 중국인 아파트를 나섰다. 어디서 봄꽃 냄새가 밤공기를 타고 한 아름 다가왔다. 그녀의 호텔도 그 주인 남자가 이 근처에 구해준 것을 그제야 알았다.

"날아갈 것처럼 아주 기분이 좋네요. 가까이 있는 제 호텔에 가서 차나 커피 한잔하며 아까 테이블에서 나온 얘기 정리나 할까요?"

평상의 상황이라면 젊은 여인이 밤에 자기 숙소에 가자고 하는데 거절할 젊은 남자는 별로 없을 것이었다. 그도 역시 솔깃하면서도 이미 그녀를 경외하는 단계에 이르렀는지 바보같이 은근히 겁이 나기도 한 것은 사실이었다. 결국, 거절도 제대로 못 하고 인근에 있는 그녀의 호텔로 끌려가다시피 했다. 아니 따라갔다. 생각보다 제법 큰 방을 빌린 것 같았다. 그녀가 나서서 궁금증을 금방 해소하여 주었다. 이 방은 오늘 초대한 주인이 고국 중국에서 취재차 온 여기자라서 특별히 제공한 것이라고 했다.

다시 중국 차를 한잔하며 만찬 테이블에서 나왔던 얘기들을 정리하였다. 파리 3구역, 마레 지역의 차이나타운이 이때 이미 형성되기 시작하였다. 파리 최초의 중국인 거리라고 말할 수 있다. 이 지역으로 중국 제쟝성 원저우溫州, 온주 등에서 온 수공예업자들이 정착했다. 이들의 정착은 러시아에 정착했던 중국인들이 1917년 10월 혁명을 피해 파리로 망명한 것 등에 기인하였다. 이 지역 지하철역 이름인 아르제메띠에arts et métiers가 수공예 기술과 기술자를 뜻하는 것에도 그 거리의 특성을 이해할 수 있다.

중국 원저우 지역의 상인들을 중심으로 한 상업적 연결 조직과 원거리 무역을 통해 발전해 온 민간경제는 원저우 지역의 오랜 상업문화 전통과 역사에서 기인하였다. 이곳에는 상공업 전통과 민영조직의 활발한 경제활동이 일찍부터 존재하였다. 이들 상인들의 상호 신뢰를 기초로 한 거래행위, 그리고 그들 간의 거래조직은 거래비용을 최소화시키는 요소가 되었다. 또한, 원저우 상인의 문화전통에서 유래하는 창업정신과 시장학습 및 혁신 정신은 역사에서 축적된 원저우의 경험으로서 지속적인 경제성장을 일궈온 내적 동력이었다.

이런 역사와 전통으로 아르제메띠에이 지하철역 부근은 현재도 파리의 대표적인 수공예 공방들이 위치한 거리이

과거와의 네 가지 해후

다. 이 거리에 자리 잡은 중국인들은 주로 의류 관련 일을
하고 있다. 전통적인 공방 거리로 현재도 공방이나 패션
브랜드들의 상품전시실인 쇼룸이 자리잡고 있다.

이런 정보에 따라 다음 날 이 지역 사진도 좀 찍고 만찬
에서 나와서 정리된 내용들도 활용하기로 하였다. 몇 군데
중국인 상점에 들러 그 역사와 당시 상황 그리고 파리 생
활의 과거와 현황, 슬픔과 기쁨에 대해 취재를 하면 될 것
으로 제법 간단히 정리가 되었다.

다음 날은 중국인 상대라 그가 없어도 되기에 그는 대
학연구실에 모처럼 출근하여 밀린 일을 하고 저녁때 루브
르 박물관 근처 지하철역에서 만나기로 하였다. 기자 보조
하는 것이 재미나는 건지 그녀를 좋아하는 게 이유였는지
어쨌든 알퐁스는 본분을 소홀히 한 셈이었다. 그곳은 얼
마 전 아프리카 여인인 안느를 만났던 곳이다. 거기서 만
나서 그가 좋아하는 예의 그 카페에 가서 오늘 취재한 얘
기도 듣고 그들 자신도 즐기고 쉬는 시간을 갖기로 하였
다. 이제 그녀가 파리를 떠나야 할 날도 그리 많이 남지

않았으니.

그녀의 호텔 방에 더 있으면 개방적이고 스케일 큰 그녀가 무슨 요구를 할지도 모르고 다른 중국인들이 호텔 방에 같이 들어간 그들을 주시하고 있을지도 모른다는 생각이 드니 그는 소심하게 서둘러 그 호텔 방을 나왔다. 물론 내일 만나기로 하고.

며칠 만에 대학연구실에 나가니 벌써 모든 게 생소해 보이면서도 고향에 돌아온 것 같이 반가웠다. 알퐁스는 기자보조보다는 자신이 과학연구가 더 맞는가 생각했다. 알퐁스는 계획에 따라 밀린 실험과 새로운 시도를 수행하였다. 이렇게 별 탈 없이 실험을 하고 있으면 피곤하고 골 아픈 것이 아니라 오히려 마음이 편안해졌다. 이러다 보니 하루가 쉽게 지나갔고 어느덧 그녀 만나러 가야 할 시간이 되어갔다. 서둘러 실험을 마무리하고 연구실을 나왔다.

이제 나무들이 신록으로 변해버린 그 루브르 박물관 지하철역에서 그녀를 기다리다 보니 안느에 대한 생각이 절로 났다. '상황은 이렇게 반복되는가?' 그녀는 약속시간보다 조금 늦게 나타났으나 그런 거는 그에게 전혀 문제가 되지 않았다. 그의 감정이 착잡해져 있는 상태였기 때문이어서 그랬는지 몰랐다. 하여간 둘은 만나자 곧바로 그 카페로 이동을 시작했다. 그녀는 당당하게 그의 팔에 크지 않은 손을 둘렀다. 사실 그가 그녀에게 그렇게 하는 것이 더 어울릴지도 모를 당찬 그녀였지만.

그날 뱅루즈는 좀 비싼 거로 하기로 했다. 파리 중국인들의 찬조도 있고 원래 취재비도 있다면서 그녀는 파리까지 왔으니 자신도 좀 비싼 뱅루즈는 뭐가 좋은지 알고 싶다고 말했다. 그는 서슴지 않고 피노누아 품종 뱅루즈를 시켰다. 그를 잘 아는 종업원이 좀 놀라는 표정을 지었다.
'이 손님이 무슨 날인가?'

기온이 낮은 편인 피노누아는 프랑스 부르고뉴 지방이 원산지인 정통 최고급 뱅루즈를 만드는 포도 품종이다. 포도송이는 원통 모양으로 작고 포도알은 푸른빛이 도는 검은색으로 달걀 모양. 푸른빛을 띤 검은색의 작은 알갱이가 송이에 촘촘히 붙어 있고 포도 알갱이는 두껍고 색소가 풍부한 껍질로 싸여 있으며 안에는 무색의 작고 부드러운 과육이 들어있다. 이것으로 만든 뱅루즈는 타닌과 신맛이 약하며 빛깔은 맑고 옅은 붉은색을 띤다. 기후에 아주 예민하고 수확량도 적기 때문에 부르고뉴 지방을 벗어나서는 질 좋은 포도를 얻기 어려웠다. 그래서 가격도 비쌌다. 적합한 기후와 자연조건, 특히 석회질 토양이 뒷받침되는 환경에서 피노누아는 세계에서 가장 풍부하고 부드러운 맛의 뱅루즈를 만들어 내고 있었다.

"무슨 와인이 이리 순하고 부드러워요?"
건배 후 그녀도 여지없이 감탄했다. 농담으로 어렸을 때 자기 마음 같다고 했다. 대부분의 여인들이 하는 얘기 같기도 했다. 뱅루즈에 대한 화제가 정리될 즈음에 간단한 음식을 시키고 그날 파리의 중국인 취재내용에 대한 그녀의 얘기가 흘러나왔다. 한마디로 강인한 생명력과 개척하는 상인 정신의 결정판이었다. 그들을 환대했던 주인집처럼 어느 사람은 이미 어느 정도의 부를 일구고 자리를 잡아가고 있었다. 다른 많은 사람들은 이제 갓 파리에 와서 정착에 안간힘을 쏟고 있었다. 규모야 아직 크지 않았으나 중국인 거리라는 모양을 갖추게 된 거는 대단한 노력에 운이 가미된 결과였다.

　파리에서 중국인 거리가 형성되는 것과는 대비되게 그녀가 활동하던 상하이 지역은 1842년 난징南京, 남경조약에서 규정된 영국에 대한 다섯 개항장 가운데 하나로 1843년 정식 개항되었다. 개항장은 곧 자본주의 진출의 주요 창구였는데, 우선 무역과 금융업을 중심으로 한 서구의 경제적 진출이 진행되었다. 무역회사들과 후이펑은행滙豊銀行, HSBC, 홍콩·상하이은행 등 외국 은행들이 본격적으로 활동하기 시작했다.

　조계租界는 1845년 영국인 거류지역으로 처음 개설되었다. 영국 조계는 남쪽으로 현 옌안동로延安東路, 연안동로, 북쪽으로 현 베이징동로北京東路, 북경동로, 동쪽으로 황푸黃浦, 황포강, 즉 와이탄外灘, 외탄까지를 경계로 했으며, 서쪽 경계는 1846년 현 허난중로河南中路, 하남중로로 획정되었다. 이어 1848년에는 홍코우虹口, 홍구에 미국 조계가 건설되었으며, 1849년에는 상하이 현성과 영국 조계 사이 지역에 프랑스 조계도 건설되었다. 영국 조계와 미국 조계는 1862년 합병되어 공공조계公共租界가 되었다. 그 뒤 조계 지역은 지속적으로 확장되어, 공공조계는 징안사靜安寺, 정안사 일대까지, 프랑스 조계는 쉬쟈후이徐家滙, 서가회까지 영역을 넓혀 갔다.

그 가운데 황푸강 등을 끼고 있던 공공조계 지역에서 서구식 건축들이 일렬로 위용을 뽐냈던 와이탄과 난징로를 뼈대로 하는 지역이 금융과 상업 기능을 중심으로 새로운 도심을 형성했다. 난징로, 현 후아이하이중로淮海中路, 회해중로와 시츄안북로四川北路, 사천북로는 대표적인 상업 거리였다. 그중에 난징로는 가장 중심지에 위치하면서 광범위한 지역을 포괄하는 최대의 상업 구역을 형성했다. 남쪽으로 옌안로, 북쪽으로 베이징로, 서쪽으로 시장로西藏路, 서장로, 더 서쪽으로 난징서로를 따라 징안사에 이르는 이곳에는 용안永安, 영안 백화점을 비롯해서 다양한 상업 시설들이 즐비하게 늘어섰다. 도시경관 면에서 이곳에는 고층 빌딩과 호화 건축들이 특히 집중되어 화려함을 뽐냈으며, 가로등과 네온등은 도심의 야간 경관을 더욱 화려하게 만들

어 '밤이 없는 도시, 불야성不夜城'이 상하이의 상징이 되어
갔다.

  이렇게 상하이는 조계라는 서구가 무력으로 중국을 압
박한 결과로 얻어 낸 전리품으로 서구화가 되어가고 있는
와중에 상하이에서 멀지 않은 원저우 출신 상인과 수공인
들은 파리에서 자기들의 영역을 개척해가고 있었다. 세계
역사가 오묘하다는 생각이 들 뿐이었다. 그렇지만 중국 권
력의 입장에서 상하이 조계는 전통적 세계관이나 대외 정
책과 완전히 배리背離되는 것도 아니었다. '화양별거華洋別居',
즉 중국인과 서구인을 따로 떼어 놓아 접촉하지 못하도록
하는 원칙에서 서구인들에게 중국인들의 거주 영역인 현
성 밖의 빈 땅을 내준 것이었다. 침략자에게 땅을 양보하
는 가운데도 중화中華와 만이蠻夷를 구분하는 중화적 세계
관은 여전했다. 그들의 마지막 자존심이랄까. 그들에게 조
계는 만이의 영향이 중화에 미치는 것을 차단하는 격리
공간이라고 볼 수도 있었다. 그런 점에서 조계와 화계華界
의 공간적 단절이 서구 세력의 요구만을 반영하고 있는 것
만은 아니라고 볼 수도 있었다.

술이 좀 들어가자 적극적인 그녀가 자기와 그에 대한 얘기를 좀 더 하자고 자연스레 화제를 돌렸다. 내일 취재 토론도 하기 전에. 이제 취재를 다 마쳤나…?

그녀는 계속 자기가 참으로 존경하고 좋아하는 남자를 만나면 그가 노쇠하고 병약해 있다고 해도 뒷바라지를 할 수 있다고 했다. 그녀의 그때 모습으로는 상당히 이해가 되지는 않았다. 그리고 왜 그런 얘기를 그 앞에서 자꾸 하는지도 좀 이상하였다. 그한테 자꾸 말하며 자기 자신을 설득하고 다짐하는 것 같기도 하였다. 알퐁스는 분방하고 배운 것도 많고 중국이나 국제 사회도 잘 아는 그녀가 그렇게 될 수가 있나 하고 의아했다. 한편 격식이 없고 거칠게 없는 여자라서 그렇게 맘먹으면 못할 것도 없으리라는 생각이 들기도 하였다. 그런데 아마도 그 남자가 대단한 남자여야 할 것 같은 생각이 들었다.

어떤 유명인을 미리 염두에 두고 무조건 그 사람의 여자가 되고 그를 더 훌륭하게 만들겠다는 얘기가 아닌가 추측해봤다. 그 남자와 같이 최고위급 인사로 빨리 올라가고 싶은 공명심은 아니었나 생각도 들었다. 물론 입 밖에 내지는 않았다. 그의 짧은 사고로는 다른 가능성은 없어 보였다. 그렇다면 자기희생적 성격이라고 볼 수도 있지만 상당히 야망 있는 여인이라고 말하지 않을 수 없었다. 물론 희생에 기반을 둔. 알퐁스는 그녀와 연애하고픈 생각이 거의 사라짐을 느꼈다. 물론 그녀가 그런 목적으로 그에게 자신의 그런 얘기를 했던 것도 결코 아니었겠지만.

그녀의 얼버무린 대답도 역시 비슷했다. 그의 질문에 이미 최고에 가깝거나 최고가 될 것 같은 유명 작가나 정치가를 예로 들었다. 날카로운 기사도 많이 작성했고 여성운동 등도 했던 사회에 대한 감이 있는 그런 여성이 자신을 희생해서 그 유명인을 묵묵히 뒷바라지해 준다면 당연히 그는 그녀의 재능과 희생 덕분에 많은 양의 작업을 속히 잘해낼 수 있었을 것이다. 자신보다 더 훌륭한 사람을 통해 같이 중국 최고의 더 나아가 세계적 성과를 이루겠다는 원대한 야망의 여인으로 보였다. 물론 당시 중국에서 받던 여성들의 낮은 임금 탓도 다소 있었을 것이다. 하여간 그런 남자라면 그녀는 아내이자 비서이자 주부로 살 수도 있다는 거였다.

아직도 알퐁스는 완전히 믿을 수가 없었다. 물론 그녀의 표정은 너무 진지하였다. 어쩌면 그 남자가 이런 의견에 수긍하지 않고 대등한 남녀 관계를 제안할 수도 있을 것이었다. 그리고 그가 크게 걱정할 문제가 아닌 점이기도 했다. 그런데도 그녀는 은근히 이상해 보이는 것을 자신의 꿈이자 미래라고 주장하고 있었다. 알퐁스가 아는 가치관이 순간 흔들릴 지경이었다. 그래서야 나중 진짜 행복할 것인가, 남이 부러워하는 삶을 지속할 수 있나라고 물었지만 그녀는 문제없다는 거였다.

자신은 그런 사람과 결혼하게 되면 일체의 사회활동을 접고 원고 청탁도 뿌리치고 강연 요청도 모두 거절하고 단지 현모양처와 가정주부로, 그리고 비서이자 그의 일 협력자로 지내겠다는 믿을 수 없는 얘기를 계속했다. 과연 그 남자의 초고를 정서正書하고, 그 앞으로 배달된 비에 젖은 우편물을 손수건같이 다려서 갖다 주고, 그를 찾아온 손님들을 위해 정성으로 차와 음식을 만들고, 그가 지도자로서 밖에서는 여성의 자립과 사회생활을 당연히 강조할, 다시 말하면 대중 앞에서와 집에서의 말이 다를 것이 분명한, 그런 남자를 내조하며 과연 행복하게 살아갈 자신이 있는지 알퐁스로서는 알 수가 없었다.

그녀는 그 남자의 귀중한 원고를 잃어버리면 자신의 분신을 아니 마음을 홀린 것처럼 아쉬워하고 애통해할 여인이 되고 싶은 모양이었다. 알퐁스는 '무능한 남자는 9주九州를 돌아다닐 수 있지만 유능한 여자는 부뚜막 근처에 머물 뿐이다'라는 중국 속담을 몸으로 실행하려는 것인가? 의문이 들었다. 물론 알퐁스가 너무 걱정할 사안은 아니었다.

그녀의 이야기가 큰 파문을 일으키는 바람에 알퐁스에 대한 얘기 차례가 되었으나 말문이 막히고 말았다. 시시한 이야기로는 너무 심심할 것 같았다. 그리고 사실 할 말도 별로 없었다. 나중 더 공부하여 대학의 교수가 될 계획이라는 것 정도밖에는 그것도 아직은 막연한 일이었다. 하나 더라면 아직 결혼 생각도 없고 애인도 물론 없다는 것 정도. 그러나 그녀의 집요한 압력에 결국 앞선 두 여인과의 사건을 적절히 실토하고야 말았다.

"우선은 프랑스 남부 출신 금발미녀와 분수 넘치는 사귐이 있었어요."

쟈크린을 떠올리니 가슴이 먹먹해졌다. 그 예쁘고 착한 여인의 운수 나쁜 깡패들과의 조우. 거기서 짓밟힌 아침 햇살 같은 그녀의 성적 순수함. 그로 인해 열려버린 본능적이고 선천적인 성적 비정상. 거기서 도망치기에 바빴던 비정한 그. 그녀는 이제 바짝 긴장하고 듣고 있었다.

"대단한 얘기이네요. 나중에 내가 소설이든 뭐에 쓰고 싶은 마음이 들 정도로 강렬하고 비극적인 얘기네요. 겉으로 보이는 알퐁스가 경험했으리라고는 전혀 생각되지 않는 내용이에요."

역시 사람들은 겉보기와 전혀 다른 얘기를 몇 개 정도는 가지고 있는 신비한 존재들이라는 결론에 둘은 도달했다. 그를 보는 그녀의 눈이 좀 더 성숙한 남자를 보는 듯하여졌다. 만나자마자 그런 속 상태를 알 수 있는 여인으로 알았는데 그렇지는 않았던 모양이었다. 사실 쉬운 일은 아니었을 것이었다. 그것이 인간의 한계이고 인간사에서 재미있는 요소가 아니겠나.

"얘기가 하나 더 있는데요."

그가 이런 말을 던지자 그녀는 얼른 호기심을 드러냈다.

"이번은 부모님 일하시는 곳과 관련되는 얘기에요. 거기를 휴가 때 종종 가는데 어느 때 대단히 예쁜 흑인 소녀, 즉 여인을 만났어요. 물론 아주 우연히."

"설마? 그런 소녀를 만났어요. 너무 운이 좋은 분이네요."

아주 공허하고 숨기는 듯 드러내고 경쟁하듯 마구 쏟아내는 그녀와 그의 대화들. 웃음소리가 끊이지 않으나 뭔가 웃음도 경쟁인 듯했다.

"대서양 해변카페에서 우연히 만났는데 나 같은 평범한 남자의 눈에도 절세 미녀인 게 보이데요. 한눈에 정신을 잃고 그녀에게 감히 다가가 둘의 만남을 요청했어요. 그러다 나는 휴가가 끝나 프랑스로 돌아왔는데 그녀도 거짓말같이 얼마 후 프랑스로 이주하였어요. 혼자가 아니고 가족이."

그들은 뱅루즈 잔을 들어 두어 모금 마셨다.

"그래서 친해지고 도와주기도 하고 꽤 많이 만났어요. 그런데 그 소녀와도 아무런 남녀 관계를 맺지 못했어요. 그녀도 엄청난 몸의 비밀을 가지고 있었답니다. 그녀 자신도 잘 몰랐던 것 같아요. 아프리카 신화에서 비롯된 여성속 남성의 존재로 인해 관계가 원천적으로 불가능했어요."

그런 일이 있다는 사실에 세상 경험이 많은 그녀도 많이 놀란 듯 보였다.

"둘 다 문학적 소재네요. 신문 특집으로도 어울리는 얘기들이고요. 나중에 기사화하면 미리 말씀드릴게요."

그는 그러지 말라고 했으나 그녀는 빙긋이 웃기만 했다. 신문기자에게 기삿감을 주고서 내지 말라고 하는 사람이 바보였나. 그런데 그로서는 이런 얘기들이 그런 기삿감이 되는지 예측할 수는 없었다.

추가로 취재할 거는 없는 모양이었다. 한 이틀 그와 파리 시내 구경이나 더 하고 그러면서 파리 사람들 사는 모습도 자연스레 돌아보는 정도라고 했다. 그러다가 기삿거리가 되는 것이 보이면 기사화하겠다고 했다. 결국, 한 이틀 둘이서 관광하고 노니는 일정이라 연애로 발전하기 딱 좋은 상황이나 이미 그는 그녀를 경외하는 상태라 그런 일이 생겨날 것 같지는 않았으나 그녀가 개방적이고 행동적인 여인이라 어떤 남녀 관계라도 벌어질 가능성은 항상 있었다. 물론 알퐁스가 반듯하고 은근히 보수적이라 그런 일이 실제로 벌어질지는 모르겠지만. 하지만 그런 충동적 남녀 관계에서는 여성의 역할이 중요하므로 어찌 될지는 두고 봐야 할 일이었다.

그동안 그녀가 자세히 못 본 파리의 관광명소들을 이틀간 여유 있게 둘러보았다. 노트르담 대성당, 장난감 돛단배 놀이로 유명했던 뤽상브르 정원, 에펠탑 그리고 파리 만국박람회 때 박람회가 열리는 장소들을 빠르고 편안하게 이동할 수 있도록 제작된 움직이는 보도moving walk, 무빙워크 인 '미래의 길' 등. 거리의 남자들은 중절모 또는 벌써 밀짚으로 만든 각진 원통형의 스키머햇을 쓰고 있었고, 여자들은 클로쉐로 머리를 다 덮었다. 거리에는 마차, 자전거에다 자동차까지 보였다. 두 사람도 다른 파리 사람들과 비슷한 차림으로 돌아다녔다.

　그녀가 느끼기에 어느 길에서는 상하이 프랑스 조계의 플라타너스가 가득 찬 헝산衡山, 형산로를 거니는 듯한 생각도 들었다. 추가해서 개선문, 오베리스크와 콩코드 광장, 센강. 막쉐 데 장팡 후즈 같은 시장과 사마리텐 백화점도 둘러보았다. 그녀의 특별한 요청이었다. 어떤 면에서는 아직 취재하는 기분도 느꼈다. 마지막으로는 루브르 박물관이었다. 왜냐하면, 박물관 자체도 엄청났을뿐더러 그 근처에 알퐁스가 제일 좋아하는 카페가 있기 때문이었다. 거기서 그들 사이 대단원의 막을 내리기로 했다. 이틀 동안 여유 있게 파리를 소요逍遙하겠다는 원래의 계획은 애당초 둘에겐 가당치 않았다. 또한, 무슨 취재하듯이 많이 돌아다녔다. 그녀는 사실 기사화할 것이 꽤 생겼다고 했다.

　드디어 둘은 그 카페에 마주 앉았다. 앉자마자 두 사람은 시원한 물을 한 컵씩 들이켰다. 날씨도 특히 낮에는 점점 더워지는데 너무 많은 곳을 둘러보았다. 만족하면서도 피곤한 바로 그런 상황이었다. 그리고는 뱅루즈를 시켰다.

약간 비싼 거로. 아무리 그래 봐야 결국 그녀가 떠날 날이 사자가 먹이에 다가가듯 다가왔다. 파리의 낭만적이며 퇴폐적 분위기에, 그리고 동양 여인으로는 대담하고 자유분방한 상하이 여자라서 무언가 대단한 사건이 터질 뻔도 했으나 그라는 남자가 그것을 받을 그릇이 되지를 못했다. 아니 둘이 같이한 기간이 너무 짧아 서로의 사랑을 확인하기에 부족했을지도 몰랐다.

하여간 떠나기 전 마지막 밤을 그 카페에서 오랜 시간, 그리고 그녀의 숙소에서 같이 얼마간 보내게 되었다. 적극적인 그녀가 제안을 하였고 그녀의 파리 마지막 날이라 그도 선뜻 그녀를 따르기로 하였다. 카페에서 뱅루즈 한 병과 안줏거리도 좀 사서 가지고 갔다. 그렇다고 오늘 그녀와 무슨 일을 벌이겠다고 생각한 것은 결코 아니었다. 이미 둘 사이에 별일이 있을 수가 없는 구도가 형성되어 있었기 때문이었다.

전처럼 차와 루브르 카페에서 들고 간 뱅루즈를 마셨다. 물론 가지고 간 안주도 먹었다. 그녀가 그에게 진심 어린 감사의 말을 했다. 그를 그 몽파르나스 공동묘지에서 만나지 못했다면 그녀의 파리 취재와 짧은 생활이 지나온 것보다 훨씬 수준이 낮고 재미없었을 거라는 감사의 표시였다. 사실 그도 자기 생활과 연구를 제쳐놓고 열심히 도와준 거는 사실이었다. 그녀가 아니었다면 그렇게 했을까 하는 생각이 들었다. 물론 그녀에게 그런 얘기는 하지 않았다. 뱅루즈가 반쯤은 남았으나 이제 가야 한다며 마지막 건배를 하였다. 그녀는 약간 의아하게 생각하였으나 대범한 성격답게 즉시 그러라고 하였다. 그녀의 유혹적인 눈빛을 보는 게 부담이 되어 서둘러 그녀 숙소를 나온 거였다. 사실 그 혼자의 느낌인지도 몰랐다.

그녀를 떠나 밤 속에 들어서니 어디선가 황서향黃瑞香 냄새가 진동하고 있었다. 바로 그곳이 천국이었다. 걸음을 멈추고 그 향기에 취해 좀 서 있다 보니 그를 가득 감싼 그 좋고 강렬한 냄새가 사실 그녀 숙소 쪽으로부터 흘러오는 것 같기도 했다. 그는 자신도 모르게 향기에 홀린 듯이 다시 그녀의 숙소로 돌아와 급히 문을 두드렸다. 그녀가 황서향 냄새로 그를 홀린 셈이었다. 그에게는 좋은 핑

　　　　　과거와의 네 가지 해후

겟거리였다. 그가 겸연쩍은 듯이 주춤거리자 그녀는 아무 말도 묻지 않고 빙긋이 웃으며 문을 더 넓게 열어주었다. 방에 들어오자 그는 그녀를 벼락같이 껴안으며 그들만 들을 수 있는 작은 소리로 말했다.

"포옹 한번 하고 싶었어요. 향기가 너무 좋네요."

사실 그녀는 그가 밖에서 묻혀 들인 좋은 냄새를 즐기고 있었다. 상당히 이지적이고 행동에 앞서 생각을 많이 하는 그로서는 자신도 알 수 없는 행동을 하고 있었다. 그런 게 사랑이고 그리워하는 남녀 관계인지도….

개방적이고 대범한 그녀는 그가 더 편하게 그에 따라 몸을 움직여주었다. 그렇게 얼마간의 시간 동안 둘은 그대로 있었다. 그러다 그녀가 더 적극적인 움직임을 보이자마자 그는 그녀에서 즉시 떨어져 나와 다시 황급히 문 쪽으로 향했다.

"고마워요. 내일 출발할 때 올게요."

황당해하며 멍하니 쳐다보는 그녀를 뒤로하고 급하게 그 호텔을 빠져나왔다. 역시 그다운 행동이었다. 여전히 꽃향기가 밤길을 재촉하는 그를 감싸며 따라왔다. 조금만 더 있다가는 그녀와 무슨 일이 생길 것 같았다. 사실 그 여인이 더 걱정해야 할 일인 것 같기도 했다. 그는 아마도 본능적으로 더 깊은 관계를 갖고 그다음 날 그녀가 떠나가면 만나지도 못하며 소심하게 매우 그리워할 긴 세월을 이미 피하고 싶었는지도 모르겠다. 하여간 그는 그런 남자였다. 어쨌든 그의 작은 아파트로 돌아오는 시간조차도 그녀와의 포옹 기억에서 벗어나지 못했다. 그런데 어찌 그리 긴 세월을 감당하겠는가…?

알퐁스는 파리 부르제 공항까지 당연히 따라 나갔다. 파리의 중국인들 찬조 덕분에 그녀는 그 비싼 비행기로 돌아가게 되었다. 여자라고 배려해 준 거도 있었다. 물론 자기네들에 대한 좋은 보도를 부탁하는 점도 있었으리라. 오래 걸리고 불편한 것도 많은 여객선이나 기차로 가게 되어있는 것을. 어쨌든 중국인들의 융숭한 손님 접대의 일면을 보는 것 같아 좋았다. 물론 그녀도 아주 좋아하였다. 처음 타본다고 했으니 얼마나 흥분이 되었을까. 그래서 그런지 공항에서 본 그리고 비행기 트랩을 올라가는 그녀의 모습은 이미 귀부인이 된 거처럼 우아해 보였다.

공항에는 파리의 중국인들도 많이 나왔다. 하기야 비행기 표까지 찬조를 했으니 왜 아니겠는가. 당연히 공항에서 그녀와 알퐁스는 별로 얘기 나눌 시간이 없었다. 그러나 물론 전날 둘은 서로 주소와 직장 전화번호를 나누어 가졌다. 취재 마무리 등으로 연락할 일은 분명히 있을 거로 예측하였다. 그러나 언제 둘이 다시 만나게 될지 전혀 알 수는 없었다. 먼 중국과 프랑스였으니. 그리고 그의 연고지는 중국과는 전혀 상관이 없었으니. 물론 그녀가 다시 프랑스에 취재를 오는 방법이 있으나 그것도 그리 흔하게 벌어질 수 있는 일이 아니었다. 하여간 트랩에 오른 그녀에게 손은 많이 흔들어 주었다. 담백하고 1920년대식이고 동양적인 관계의 흐름과 마무리였다.

얼마 후 그녀한테서 대학연구실로 드디어 국제전화가 왔다. 신문사라고 했다. 잘 도착했고 취재했던 내용 중 프랑스 정치의 어느 부분을 보충해달라는 부탁이었다. 너무 반가웠다. 멀리 떨어져 있는 애인한테 오랜만에 연락이 온 거처럼. 전화 목소리로 들으니 어린 소녀 같았다. 물론 소리는 계속 깔끔하지는 않았으나. 그 후로도 수차례 통화를 하였고 편지도 오갔다. 오히려 파리에 있을 때보다 더 가까운 사이가 된 것 같은 느낌이 들었다. 기이한 일이었다. 보고 싶어도 볼 수 없는 엄청난 거리가 그들에게 더 정확히는 그의 마음을 더 애틋하게 해주고 있었다. 아니면 그녀에게 어떤 다소 이상한 남자에 대한 꿈이 있다는 것을 잠시 망각했는지도 몰랐다. 설마 그렇게 되겠는가 하는.

어떤 인간관계에서도 두 사람 간의 거리는 관계를 매우 복잡하게 한다. 그 관계가 살아남을지 아닐지를 시험하는 것이라고 할까? 하지만 어떤 사람들은 기꺼이 장거리 연애를 하며 돈독해지는 사람들도 있었다. 그 이유는 대체 무엇일까? 얼마나 떨어져 있든 사랑이 지속되는 이유는 뭘까? 많은 연인들은 이 사소하지 않은 장애물을 넘기 위한 도전을 과감히 시도했다. 거리는 포옹과 입맞춤을 못하게 막을지언정 그 감정은 막지 못했다.

그렇다면 사람들은 어떻게 장거리 연애를 유지하는 걸

까? 거리가 정말로 장벽인 걸까? 어쩌면 그 자신들이야말로 장벽을 만들고 있는 건지도 몰랐다. 왜냐하면, 거리는 정말로 자신들이 극복하고 즐길 수 있는 관계의 또 다른 한 단계일 뿐이기 때문이었다. 거리감은 오로지 진정한 사랑을 믿지 못하는 사람들에게만 적용되었다.

'사랑한 만큼
우린 그만큼 더 멀어져
그리움에
아픔만 더 커져 쌓여 만 가는
이 가슴에 그녀를 목이 메게
불러본다.

당신의 길을
홀로 걷고 보고 느꼈어도
평범한 거리로만 봤던
어리석은 나의 짐작이
이렇게 날 더 힘들게 한다.'

그녀에게서 다시 편지가 왔다. 그는 반가운 마음으로 봉투를 뜯었다. 내용을 보는 사이 그의 표정은 점점 일그러져 갔다.

'드디어 전에 말하던 존경하고 사랑하는 유명 작가와 결혼하게 되었어요. 물론 나이 차이는 많이 나고 그분은 재혼이에요. 축하해 주세요.'

이야기의 안과 밖을 이어 붙이고, 진실과 거짓의 경계라는 거친 솔기를 대담하게 노출해서 독자를 깜짝 놀라게 하는 그분의 이야기는 진행 방향에서는 비전통적이지만, 탁월함에서는 전통적인 수준을 맞추는 대단한 작가라고 했다. 알퐁스는 그가 누구인지 전혀 모르고 전혀 축하할 마음이 아니었다. 장거리 연애에 혼자서 푹 빠져 있던 그는 축복은커녕 그녀가 왜 이런 결정을 실제로 했는지 참으로 이해할 수가 없었다. 솔직히 말하면 크게 실망하였다. 그는 그녀가 말하던 그런 일이 참으로 일어나지 않기를 기도했었다. 결국, 그녀는 일 문제에서만큼은 선택의 권리를 포기했다. 아니 결혼을 일로 선택한 것인가. 그는 그저 망연히 편지를 아주 한참 들고 서 있었다. 가뜩이나 작은 아파트가 더 왜소하고 초라해 보였다.

'내 마음은 당신 때문에 아프지만,

나는 당신에게 말할 수 없어요.

나는 당신을 위해 많은 것을 할 것이고,

당신이 결코 알지 못해도

서러워하지 않을 것이에요.

내가 하는 모든 일은 헛되고,

나는 결코 내 마음을 다스릴 수 없어요.

그것은 단지 명목상의 나의 것이에요.

당신이 없기 때문에

그것은 아무런 쓸모가 없어요.

불현듯

당신 없이 살 수 없을 것 같아요.

나의 날은 항상 고통과 기다림으로

가득 차 있을 듯해요.

모든 게 이렇게 끝날 줄은 몰랐어요.

나는 당신을 잊는 법을 배워야 해요.

당신이 아무리 멀리 떨어져 있어도

내 생명과 영혼은

계속 함께였으면 하지만.

이제 가버린 당신을 가슴으로 불러와요.

당신이 나에 대해

조금이라도 좋아했던 것을 그려 봐요.

선하고 깨어있고 보살펴주던

당신의 본성을 다시 깨달아요.

아쉬운 당신.

당신을 눈앞에 그려보면

슬픔인지 기쁨인지 모를 아련함이

온몸을 감싸 와요.

당신이

지금 어디에서 무엇을 하는지 궁금하면

한참 전 파리에서의 열정이

저만치에서 맴돌아요.

이제 붙잡았던 당신의 손을

탁 놓아야 할 것 같네요.'

4부

파리의 여름에 향기를 더하는
라벤더 꽃

◆

　알퐁스는 부모님 성화로 파리에 있는 조선계 친지 딸과 맞선 비슷한 것을 여러 해 전에 보고, 서로 아주 싫지는 않아 전화로 종종 연락을 취하며 아주 가끔 만나는 여인, 카뜨리느가 있었다.

　조선 이름이 지영희인 카뜨리느는 알퐁스가 글에서 배우거나 부모에게 들어 알고 있는 당시 조선 여자와는 다른 태도였다. 물론 그녀가 프랑스-佛蘭西, 불란서 * 에서 자랐으니 조선에 있는 여자들과 다른 것은 이상할 것도 없었다. 알퐁스는 그녀와의 만남을 통해 프랑스어(불어)나 프랑스 문화를 그녀에게 더 익힐 수 있다는 사실을 알고 있었다. 그녀와는 그렇게 더 멀리하지도 더 가까이하지도 않는 관계

---

*　-佛蘭西: 당시 조선에서는 프랑스가 불란서라고 불렸다.

가 이어졌다. 카뜨리느는 파리에서 영문학 전공으로 대학을 졸업하고 초급영어를 가르치며 영어/불어 번역작업을 돕는 일을 하고 있었다.

  그녀는 사실 진정한 사랑보다는 결혼에 더 관심이 많은 듯하였다. 사랑은 다음인 것 같은 인상을 받았다. 그쪽 집안에서도 그렇고 그녀 본인도 지성을 갖춘 동족과의 결혼에만 너무 집착하는 듯하니, 알퐁스는 그리 애정이 가지 않았다. 물론 외모 면에도 그리 매력적이지는 못했다. 알퐁스가 그동안 별 실속은 없었으나 미녀들을 많이 접해서인지도 몰랐다. 거기다 맞선본 때는 그가 프랑스 여자한테 정신이 나가 있을 때였다. 바로 정통 프랑스 젊은 미녀, 자유로운 쟈크린이다.

  이에 반해 카뜨리느는 파리에 살고 프랑스 교육을 제대로 받은 여인이나 남녀 관계에서는 조선식 참한 규수였다. 서로 많이 달랐으나 영화를 좋아하는 것 하나는 같았다. 그러다 보니 가끔 둘이 만나면 영화를 보러 가는 게 당연했다. 무성영화 말이다. 보수적이었던 그녀도 시대의 유행은 어쩔 수 없었는지 종종 가르손느(플래퍼) 스타일로 나타나곤 했다. 그녀는 그 스타일대로 전통적인 긴 머리를 과감히 잘라낸 보브 컷, 짙게 화장한 하얀 얼굴, 검고 가늘게 그려진 눈썹, 붉은 입술, 종 모양의 둥글며 두상을 완전히 감싸는 클로쉐 모자를 썼다. 그리고 무릎 아래와 팔을 노출 시키는 헐렁한 스타일의 원피스를 입었다.

그날은 개관한 지 얼마 되지 않은, 파리 여러 구의 교차점에 있는 지하철 4호선 바르베역 근처에 있는 룩소 극장에 처음 갔다. 마침 비 오는 날이었다. 파리의 봄과 여름 사이 간절기에는 하루에도 몇 번씩 날씨가 오락가락했다. 아침에 맑다가 오후엔 갑자기 구름이 모여들고 비 왔다가 다시 맑기도 하였다. 한마디로 종잡기 어려운 일기였다. 그날 오후는 그런 모습과는 다르게 계속 비가 내리고 있었다. 파리는 빗속이 가장 예쁘다고 하나 두 사람은 손도 잡지 않고, 파리 만국박람회 때 개통되어 이제 20년가량 되는 파리의 자랑거리인 지하철을 타고 그곳으로 갔다.

극장은 네오 이집트와 아르데코풍 건축물로, 그 위용을

과거와의 네 가지 해후

이름 모를 나무들이 풍성해지기 시작한 몽마르트르 언덕을 향해 자랑스럽게 뽐내고 있었다. 상영관 내부도 아름답고 웅장했다. 그때 무성영화관이 그렇듯이 무대에는 무성영화 시 연주를 위한 피아노 한 대가 놓여있었다. 인기가 있다는 '칼리가리 박사의 밀실'이란 무성영화였다.

이 영화는 독일 표현주의 작품이자 가장 오래된 공포 영화 중 한 편으로 1920년 작이다. 이 영화가 주목받은 건 그전의 작품들과는 달리 공포 소재를 다루는 것을 넘어 그 소재를 제대로 공포스럽게 표현했기 때문인 듯하였다. 영화관에서 영화가 주는 공포 때문인지 그 평계인지 두 사람은 서로 손을 잡았다. 영화가 무서운 탓도 있었으나 한번 잡으니 손을 빼기도 그렇고 하여 내내 잡고 있었다.

알퐁스는 그녀와 손을 잡고 있다 보니 별로 맘에 있지도 않은 그녀이나, 책임감도 생기고 연인 비슷한 느낌도 들었다. 젊은 남녀의 신체 접촉이란 이런 오묘함이 있다. 그런 기분 때문인지 영화가 끝나고도 비 오는 파리의 밤길을 손잡고 걸었다. 이 시기의 특유의 변덕스러운 날씨와 달리

영화가 끝난 밤에도 세기는 약해졌으나 계속해서 비가 오고 있었다. 우산을 썼으나, 비도 많이 맞으며 길도 걷고 운치 있는 다리도 건넜다. 아름다운 파리에서 비를 맞으며 걸으면 새로운 어떤 것이 시작된다는 얘기가 있으나 그것이 그들 둘한테도 해당하는지는 알 수 없었다.

'만약 당신이 여기에 머문다면

이 시대는 당신의 현재가 될 것이고,

얼마 뒤에는

또 다른 시대를 꿈꾸게 될 거예요.

그런데 현재는 좀 불만스럽지요.

인생은 원래 그런 거니까요.'

조선 경성(오늘날의 서울)에서는 전통가옥인 한옥과 신식 건축물이 뒤섞인 모습이었다. 한일합방으로 일본인들이 몰려오면서 용산 등에서 집단적 단지 개발이 이루어지기 시작하였다. 본정(오늘날의 명동)에도 일본인 상점과 주거가 형성되기 시작하였다. 이러한 개발은 일본인에 의한 일본인을 위한 개발이었을 뿐이었다. 남산의 조선신궁,

과거와의 네 가지 해후

경성부청(지금의 서울시청), 조선총독부 청사 등 일본 식민지배 기구 건축도 활발히 이루어지고 있었다.

주간선도로를 제외한 가로 안쪽은 대부분 한옥으로 가득 차 있었다. 시내에는 아직 소달구지가 거리를 활보하고 있었으나, 전차도 다니고 있었다. 서대문과 청량리 사이는 물론이고, 서대문과 마포, 보신각과 용산 등 노선이 운영되고 있었다. 가로의 바닥은 석재로 포장되었다. 주간선도로 변에는 가로수도 심겨 있었다. 물론 심은 지 오래되지 않아 가로수의 키가 크지는 않았다.

고종이 명성황후가 묻힌 '홍릉'으로 가기 위해 조선 첫 전차를 놓았다. 미나리꽝이 즐비한 외딴 교외의 청량리에 1899년 조선 최초의 전차 '청량리선'이 개통되어 운행되었다. 동시에 조선에서 처음으로 소나무 가로수가 조성된 '홍릉길'은 일제 시 조선인들에게 로맨틱한 휴양지가 되어 있었다. 서울대의 전신인 경성제국대의 일본인 교수가 동숭동 대학 앞의 공터에 일본 마로니에를 다량 들여와 심으며 마로니에공원이 탄생하는 계기가 된 것도 이때였다.

이런 경성은 조선에서야 최고의 도시이나 지하철이 씽씽 다니는 프랑스 파리하고는 물론 비교가 될 수는 없었다.

알퐁스 집안은 경성의 옛 중인가문이었다. 조선 초기만 해도 신분은 크게 양인과 천민으로 나뉘었다. 양인은 양반과 상민(평민)을 뜻했고, 천민은 노비나 잡직에 있던 사람이 이에 속했다. 그러다 조선 중기 이후 전문 지식이나 기술을 가진 사람들이 관청에서 일하기 시작하면서 중인 신분이 만들어졌다. 본래 상민이었으나 차츰 지위가 높아진 사람을 중인이라고 부르게 된 것이었다. 중인은 과거 제도에서 잡과 시험에 합격해 기술관이 된 역관, 화원畫員, 의관 등이었다. 이들은 주로 양반을 도와 일반 백성을 다스리는 일을 하였는데, 신분과 직업은 자식에게 물려주었다.

신분제도는 갑오개혁으로 사라졌지만 일본강점기 때 작위 귀족들은 여전히 존재했고 일본 역시 왕정이었으니 신분제는 사실상 계속 존속하고 있었다. 그래서 사람들 사이의 의식에서 완전히 없앨 순 없었다. 신분제 폐지 이후인 1920년대 일본강점기 때도 양반은 양반처럼 계속 살

과거와의 네 가지 해후

앉고, 상민과 천민은 점차 일반인에 가까운 삶을 살기 시작하였다. 한마디로 양반 의식, 다시 말하면 신분 의식이 잔존 하고 있었다.

중인의 알퐁스(현수) 집안에서 아들은 아프리카에, 손자인 현수가 프랑스에 있었으니 그때로서는 상당히 드문 국제화된 집안이었다. 역관이었던 조부가 청나라를 자주 다녔던 국제통이었던 게 이들의 국제화에 크게 작용하였다.

당시 경성에는 당연히 일본인을 비롯한 외국인이 많았다. 사실 한일합방이 되어 일본인은 외국인이라고 볼 수는 없었다. 하여간 일본인이 경성 전체 인구의 약 1/4이나 차지하고 있었고 중국인을 비롯한 제3국 출신도 상당수 살고 있었다. 외국인 비중으로만 보면 대단한 국제도시였다.

조선에는 외국을 경험한 사람들도 속속 등장하였다. 도쿄, 상하이와 같은 경성 인접 도시뿐만 아니라 태평양 넘어 필리핀, 하와이까지 다녀온 사람들도 있었다. 화가 나혜석이 시베리아 횡단 철도를 타고 프랑스의 파리를 다녀

오고, 변호사이자 외교관이었던 허헌은 배를 타고 일본의 요코하마에서 하와이를 거쳐 미국, 다시 유럽으로 가는 세계 여행을 하기도 하였다. 이들의 기행문은 당시 유명잡지에 실려 신문명이나 신문화에 관심 있는 조선인들을 솔깃하게 하였다. 그래서 어느 역관네 아들이 아프리카에, 그 손자는 프랑스에 가 있다고 하여 경천동지할 상황은 이미 아니었다. 물론 특별하기는 했으나.

현수의 조부는 나름 국제화된 사람이긴 했으나, 손자인 현수가 조선 처자와 혼인하기를 바랐다. 조선에도 신여성들이 속속 등장하고는 있었으나, 집안 어른으로서 이런 바람은 당연했을 것이다. 당시의 조혼 풍습 때문에 미성년자도 이미 집안에서 정해준 혼처가 있기도 했지만, 도쿄나 상하이로 간 유학생들 가운데는 학업 중 마음이 통하는 이성을 만나 자유 결혼을 꿈꾸는 경우도 있었다.

현수의 조부는 이러한 일이 생길까 걱정하여, 특히 외국인 여성과 현수가 사귈까 걱정이 되었다. 최근 들어 집안끼리 혼사를 논의할 것이니 우선 처자를 소개받으라는

과거와의 네 가지 해후

독촉이 아프리카에 있는 부친한테, 그리고 파리에 있는 현수에게도 점점 심해졌다. 심지어는 가급적 신여성을 소개하겠다며 당시로써는 파격적인 조부의 고육지책까지 등장하였다.

당시 조선 신여성들의 모습은 유행에서 상징적으로 찾아볼 수 있었다. 기름 발라 붙이고 댕기 드리워 쪽 찌고 비녀 꽂던 헤어스타일은 '단발'이며 '히사시가미' 같은 '양洋머리'에 밀렸다. 깡충하게 올라오는 짧은 통치마와 양산은 새로운 유행 선도 계층인 여학생의 필수품이었다. 연애편지를 주고받고 사랑에 목숨을 걸며, 때로는 사랑으로 인한 죽음을 선택하기도 하고, 연애 소설이나 연애서간집을 읽고… 민족개조론과 잇닿아 있던 연애 열풍은 바야흐로 1920년대 초반 일본식민지 조선의 화두라 할 수 있었다.

그 압박이 극에 달해 알퐁스는 파리에서 가끔 만나고 있는 참한 여성인 카뜨린느 얘기까지도 하였으나, 조부는 외국에서 막 자란 여성은 조선인 핏줄이라고 하더라도 절대 안 된다고 하며 오히려 압박의 강도를 높였다. 조부의 반응에 알퐁스는 자신이 안일했다고 생각했다. 마침내 조부는 일방적으로 참한 규수를 구해놓을 테니 언제 경성에 와서 만나보라고 했다. 정 오기 어렵다면 그 처자를 파리로 유학을 보내겠다는 것까지 얘기가 급진전 되었다.

알퐁스는 처자의 유학 얘기가 나온 처음에는 매우 당황하였으나 시간이 조금 흐르면서 조부께서 설마 이 먼 불란서까지 혈혈단신 유학 올 조선 처자를 구하기 쉽지 않을 것으로 판단하며 다시 평상의 생활로 돌아갔다. 그 압박 때문에 본능적으로 카뜨린느를 좀 더 자주 만나는 것 정도가 다소 달라진 점이었다.

그런 사이 설마 했던 일이 결국 터지고 말았다. 그동안 조부가 간택簡擇한 신여성 처자에 대한 정보가 부친과 알퐁스에게 도착하여 아주 나쁘지는 않다고 흐리멍덩하게 대답한 것이 화근이었나. 급기야 그 조선 신여성이 파리 미술 유학 겸 알퐁스와 살기 위해 경성에서 조만간 출발한다는 연락이 왔다. 안일한 대답의 업보였다. 알퐁스가 크게 반항을 해보았으나 사정은 달라지지 않았다.

과거와의 네 가지 해후

사람 마음은 참 묘한 데가 있었다. 조선 규수가 파리를 향해 출발하였다고 하니, 여기 있는 카뜨리느가 더 소중해 보이고 진즉에 서로 더 절실한 관계가 돼야 했었다는 생각조차 들었다. 물론 그녀는 왜 갑자기 알퐁스의 태도가 달라졌는지, 왜 그가 이틀이 멀다 하고 만나자고 하는지 의아해하면서도 알퐁스의 요구를 들어주었다. 착하고 이해성 많은 여인이었다.

카뜨리느는 혼인 상대로 생각해왔으나 별 반응을 안 보이던 알퐁스가 적극적으로 변하니 진실 파악 이전에 우선 좋았다. 그러면서 둘이 더 많은 시간을 보내고 더 서로를 이해하게 되었고 더 친해지게 되었다. 그러나 거기까지였다. 육체적 관계 측면에서는 그 시대 보수적 조선인들같이 별반 진전이 없었다. 파리로 먼 길을 오고 있는 여성에 대한 알퐁스의 부담 때문일 수도 있고, 혼인 전에는 절대 깊은 육체관계를 가질 수 없다고 보수적 사고를 하며 그런 남녀 관계에 있어 전혀 적극적이지 않았던 카뜨리느 탓이었을 수도 있다.

알퐁스는 조부가 간택한 규수가 파리에 도착할 때가 다

가오자 카뜨리느에게 그 얘기를 안 해줄 수가 없었다. 그 얘기로 둘의 관계는 거의 끝장이 났다. 혼인을 못 한다면 카뜨리느에게 이런 관계는 아무런 의미를 주지 못해 둘 사이는 간단히 정리되었다. 알퐁스가 그 여성을 자기가 좋아할지 알 수가 없다고 해도 마찬가지였다.

알퐁스는 처자 맞을 준비를 안 할 수가 없었다. 스스로의 책임도 있겠으나, 조선에 있는 조부와 아프리카에 있는 부모로부터의 걱정이 이만저만이 아니었다. 아파트 청소도 하고 물건이 배 정도 늘어나는 것에 대비하여 공간 확보 차원에서 쓸데없는 물건들을 정리하였다. 정리라기보다 버렸다는 게 더 맞는 표현이었다. 다른 아파트를 얻어주면 어떨까도 생각해 보았으나 그럴 수 없었다. 무척 역정 낼 조부 생각과 여기 생활을 전혀 알지도 못하는 젊은 처자를 혼자 내팽개친다는 게 자신이 생각해도 너무하다는 생각이 들었기 때문이다. 물론 아파트를 추가로 얻는다는 경제적 문제도 있었다.

무엇보다 걱정은 넓지 않은 아파트에서 혼인한 거나 다

름없는 두 젊은 남녀가 산다면 쉽게 예상되는 결과였다. 그 처자가 싫든 좋든 간에. 혹시 맘에도 안 드는데 억지로 같이 살다 잠도 자게 되고 아이라도 낳게 되면⋯. 알퐁스는 생각만 해도 머리가 혼미해졌다. 가끔 인생에는 결정할 수 있는 일이 아니고 운명적으로 받아들여야 하는 일인데도 정작 본인은 그걸 모르고 번민에 번민을 거듭하는 경우가 있다. 이 일도 그런 것이라는 사실을 알퐁스는 깨닫지 못하고 고민을 계속하다 잠이 들었다.

드디어 운명의 날이 다가왔다. 알퐁스의 배필로 조부가 점지한 조선 규수 오혜민이 길고 긴 기차 여정을 마치고 드디어 파리 동역에 도착하는 날이었다. 파리에는 대형 철도역이 여러 개 있었는데, 파리 동역은 프랑스 동쪽으로부터 도착하는 국제선 열차 등이 도착하는 곳이었다. 그냥 아는 사람이라도 가끔 마중을 나가곤 했으니, 그 멀리 조선에서 오직 알퐁스를 만나기 위해 오는 처자를 당연히 마중 나가야 했다.

대륙횡단 열차는 늘 그렇듯이 정시에 잘 도착하지는 않

았다. 그렇다고 일부러 늦게 나갈 수도 없었다. 어쩌다 정시에 도착할 수도 있고, 늦게 나가 아무것도 모르는 젊은 동양 여자가 사고라도 나면, 나중에 더 복잡해질 것이기 때문이다. 조부나 부모로부터의 쉽게 예상되는 질책은 상상만 해도 끔찍했다.

역에는 생각보다 사람들이 많았다. 아무래도 좀 일찍 나오기를 너무 잘한 것 같았다. 그러나 열차는 역시 늦는 모양이었다. 기다리는 사람들이 점점 많아졌다. 그 와중에 크레페를 전문적으로 만들어 파는 사람인 크레페리가 판촉하는 소리까지 겹쳐 시장통을 방불케 했다. 내리는 사람을 미리 포착하기 좋은 곳에 섰다. 혹시라도 자신이 혜민을 미리 발견 못 하면 큰일이 날 것 같은 생각이 들어서였다.

이제 기다리는 거만 남다 보니 다소 긴장이 풀리며 얼마 전 많은 일이 있었던 근처인 파리 3구역 마레 지역의 차이나타운 생각이 났다. 그리고 그 지역 지하철역인 아르제메띠에 역도. 더불어 존경하고 사랑하는 유명 작가와

과거와의 네 가지 해후

결혼하여 잘살고 있는지 궁금한 양지아후이 기자, 아니 부인도 갑자기 몹시 보고 싶어졌다.

상하이에서 왔던 그 대단한 여인 상념에 잠긴 지 한참 후에 열차가 역으로 서서히 들어왔다. 그녀와 파리에서의 인연이 없었다면 기다리는 데 너무 힘들뻔하였다. 어느새 파리 이곳저곳에 얘깃거리가 있을 정도로 파리에 좀 살았나 하는 생각도 들었다. 다시 뜸을 꽤 들인 후 열차에서 사람들이 내리기 시작하였다.

알퐁스는 잔뜩 긴장하며 내리는 사람 하나하나를 살펴보기 시작하였다. 제법 많은 사람이 내린 후에야 드디어 혜민인 듯한 동양 처자가 열차 출입구에 모습을 드러냈다. 단발머리에 종 모양의 클로쉐 모자를 쓰고 서양식 긴 원피스를 입고, 가죽 트렁크를 양손에 무겁게 들고 있었다. 여기 프랑스의 유행을 많이 익히고 준비하고 온 것 같았다. 그녀가 그 처자라면… 알퐁스가 얼른 다가갔다.

"조선에서 오시는 오혜민 씨이신가요?"

답도 듣기 전에 알퐁스는 너무 무거워 보이는 큰 가방들을 그 동양 여인한테서 건네 쥐었다. 서양에서 오래 있던 남자라서 본능적으로 신사도를 발휘한 것인지, 인류 만고의 동정과 보호 정신이었는지는 분간하기 어려웠다.

"네"라는 답이 온 것은 트렁크를 다 건네주고 같이 몇 걸음을 걸은 상태에서였다. 알퐁스의 재빠른 배려가 단지 무거운 가방을 둘씩이나 들고 있었던 그녀에 대한 서양식 신사도였는지, 아니면 얼핏 본 그녀 모습이 생각보다 상당히 매혹적이라 지금까지의 그녀에 대한 툴툴거림이 미안해서 그랬는지는 알퐁스 자신도 알 수가 없었다. 역 근처 어디선가에서 만발한 싱그러운 장미 내음이 둘의 코끝을 간질이고 사라졌다.

"아주 먼 길 오시느라 고생 많았어요. 어디 불편한 곳은 없나요?"
알퐁스의 묻는 목소리가 제법 자상했다.
"힘들었긴 하나 새로운 풍경이 많았고, 서양미술 공부를 제대로 하고 현수씨를 만난다는 생각에 그런대로 견뎠어요."

그녀는 피곤하지도 않은지 낭랑한 목소리에 예쁘고 큰 눈을 반짝이며 알퐁스를 당당히 쳐다봤다. 여기 파리에서야 보통 있는 일이나 얘기로 듣던 단순한 조선 처자 같지는 않다는 생각이 퍼뜩 들었다. 생각보다 당돌하고 활달하였다. 그녀는 조금 익숙해지면 파리 생활하는 데 큰 문제가 없을 것 같은 예감이 들었다. 문제는 알퐁스 자신이 다시 감당하기 힘든 여인을 만나는 거는 아닌가 하는 점이었다. 그거야 운명인 걸 어찌하겠는가.

르노가 파리 교외 비양쿠르에 설립한 자동차공장에서 나온 자동차 택시를 역 앞에서 큰맘 먹고 탔다. 짐도 무거웠지만 알퐁스는 혜민에게 자신이 사는 선진화된 파리의 모습을 처음부터 보여주고 싶었다. 같은 조선인이라도 이미 파리에 사는 자신이 우월하다는 걸 과시하고 싶었고, 혜민도 여기서 자기와 잘 지내면 조만간 그렇게 된다는 걸 보여주려는 의미였다.

알퐁스의 의도가 어떻든 그녀는 모든 거를 좋아했으며

신기해했다. 그런 그녀의 모습은 어린 소녀가 처음 화장을 하고 설레는 것 같은 생각이 들 정도였다. 혜민은 자동차 창을 통해 흘러가는 세계 최고 도시의 화려한 거리 풍경에 피곤도 다 잊고 몰두하였다. 간간이 알퐁스의 친절한 설명이 뒤따랐다. 차창을 통해 어디선가 라벤더 꽃향기가 둘한테까지 다가왔다.

조선의 조부가 점지해 보낸 처자에 대한 알퐁스의 거부감은 어느새 눈 녹듯 사라진 것 같았고, 두 사람은 마치 신혼부부 같아 보이기까지 하였다. 무엇이 급속히 그렇게 만들었는지 알퐁스조차도 잘 이해가 안 되었다. '혜민의 아름다움과 신여성다움이 그렇게 만들었나?' 알퐁스는 본능적으로 조선 여인한테서 느끼는 편안함과 남녀 관계에는 어느 경우에는 너무 복잡하나 어느 때는 너무나도 해법이 간단한 미지의 비밀이 있음이 분명히 느껴졌다.

자동차를 이용한 짧은 파리 시내 신혼여행 같은 시간은 아쉽게 끝나고 진짜 신혼생활을 할 알퐁스의 아파트 앞에 도착하였다. 혜민은 신기한 듯이 알퐁스의 아파트를 이리저리 올려보았다. 길에서 놀고 있던 아이들이 자동차와 그

과거와의 네 가지 해후

녀 주위에 모여들었다. 그녀는 불어도 전혀 못 하면서 애
들하고 몸으로 인사를 했다. 알퐁스는 생각보다 적극적이
고 외국에 대한 두려움이 없는 대단한 자존심의 여인이라
고 느껴졌다. 무거운 트렁크 둘을 알퐁스가 하나씩 계단
여러 층을 오가며 겨우 날랐다. 마지막 트렁크를 나를 때
는 아이들과 어울렸던 혜민도, 그녀 근처에 모여 있던 애
들도, 나름 도운다고 도왔다. 친화력이 있는 그녀였다.

드디어 크지 않은 알퐁스의 파리 아파트 아니 이제 둘의
작은 아파트에 그녀가 입성하였다. 들어가자 그녀를 작은
식탁 의자에 앉혀놓고 알퐁스가 부산하게 움직였다. 어제
까지 기껏 해놓은 방 정리를 다소 바꾸어야 했다. 그는 둘
이 아파트 방 두 개를 각각 쓰는 식으로 생각하였는데 그
럴 필요가 없고 그래서도 안 될 상황이 된 것 같았다. 판
단 착오인지 변덕인지 알 수는 없었다. 혜민이 아직 눈치
채지는 못한 것 같았다. 물론 그녀의 감각으로 조만간 알
아채겠으나.

알퐁스는 침대가 있는 방을 같이 쓰는 거로 하여 다시

정리한다고 난리였다. 자연히 다른 방에는 둘이 같이 지내는데 덜 필요한 것들을 몰아넣었다. 지금 이 저녁에 그 정리를 다 할 수는 없어 긴급한 것들만 하고 내일이나 언제 마무리하기로 하였다. 간단하나마 저녁도 준비해야 했고, 피곤하기 그지없는 사람 빨리 쉬게도 해야 했다. 혜민의 트렁크에서도 당장 필요한 일부만 꺼내게 하였다.

그녀가 피곤해하니 미리 준비해둔 음식 중 요리가 간단한 프랑스 음식을 준비하여 같이 먹었다. 신여성이라고는 하나 아직 조선 여인이라고 생각해서인지 부인이라고 생각해서인지 혜민이 음식을 하려고는 하였다. 그러나 알지 못하는 서양 음식 조리라 결국 뒤로 물러났다. 알퐁스로서도 멀리서 와 피곤하고 이 아파트에 갓 온 사람한테 음식을 하라는 것은 예의가 아니었다. 알퐁스가 간단한 준비를 하는 동안에 그녀 혼자 식탁 의자에 계속 앉아있으려니 많이 어색한 모양이었다.

조그만 식탁 위에는 그녀를 환영하는 것 같은 빨간 장미 한 송이가 작은 투명 화병에 꽂혀있었다. 전날 두었는

과거와의 네 가지 해후

지 아직도 신선한 향기가 강하게 느껴졌다. 그 장미가 어색한 그녀를 반겨주어 그나마 무료함과 어색함이 덜한 것 같았다. 남자가 주가 돼서 요리하는 것은 조선에서는 아무리 신여성이라고 해도 아직 보기 어려운 광경이었다. 알퐁스는 걱정말라고 하며 앞으로 이런 데 익숙해져야 한다고 얘기해 주었다. 여기는 프랑스 파리라면서. 혜민은 좋아하는 듯하면서도 어색하다고 했다.

간단한 식사. 혜민은 처음 먹어 보는 서양 음식인데도 어느 정도 맛있게 먹었다. 알퐁스 생각에 파리 생활하는 데 빠르게 적응할 것 같은 느낌이었다. 먼저 그녀에게 씻고 편한 의복으로 갈아입게 했다. 그런 후 그녀를 같이 살 방에 놓인 크지 않은 침대에서 먼저 쉬게 하였다. 알퐁스는 식당이자 부엌이며 응접실인 곳에서 좀 더 정리하고 자기로 하였다. 조부가 점지하였다고는 하나 어쨌든 오늘 난생처음 만난 젊은 남녀가 갑자기 크지도 않은 한 침대에서 신혼 첫날처럼 함께 자기도 많이 쑥스럽고, 그러면 피곤한 혜민을 괴롭힐 가능성이 거서 그랬다. 물론 그녀는 아직 발언권이 없었고, 너무 피곤한 탓에 따지고 말고 할 여력이 없었다.

혜민이 꿈인지 생인지 눈을 얼핏 뜨니 어느 생소한 서양 침대에 누워 있었다.

'여기가 어디인가? 경성은 아닌 것 같은데. 아, 그 지긋 지긋한 대륙횡단 열차인가? 아니야, 열차가 꼭 나쁘지만 은 않았어. 새로운 경치도 보고. 열차가 맞는 것 같네. 가 만있어 보자. 거기라기에는 너무 아늑하고 조용하네. 그 럼, 어디이지?'

갑자기 더 혼란스러웠다. 꿈과 생시 중간에서. 잠시 더 정신을 차렸다.

'아, 불란서의 그 조선 남자 아파트구나. 어쩐지 침대나 이불에서 남자 냄새가 좀 나더라니.'

그 생각이 미치니 벌떡 일어나 옆과 주위를 살폈다. 처 자의 본능이었다. 혹시 그 남자가 옆이나 어디 있나 하는 방어 본능.

'다행히 없네. 그리고 옷매무새도 자기 전 그대로이네. 그러면 그 사람은 어디 있지? 아, 밖 응접실에서 잔다고 했지. 약속을 지켰네. 하여간 괜찮은 남자 같네.'

과거와의 네 가지 해후

방 밖으로 나오니 아침 준비하는 맛있는 냄새가 좁은 아파트에 가득 차 있었다. 잠도 잘 자고 알퐁스의 사람됨에 대해 기분이 좋은 데다 맛있는 냄새까지 나니 혜민은 천국의 아침을 맞이한 것 같았다.

"편히 쉬셨나요? 피곤은 좀 풀리고요?"

서양식 아침 준비를 하던 알퐁스가 그녀에게 반갑고 명랑하게 말을 걸었다. 서양식 남편이라는 것을 보이려는 건지, 배려가 깊은 남자인 건지, 어제저녁과 오늘 아침 계속 식사준비를 했다. 사실 그녀가 준비할 수 있는 상황은 아니었다. 식재료나 식기가 어디 있는지 그리고 조리기구들 사용법도 모르니. 물론 좀 익숙해지면 그녀가 식사준비를 회피할 생각은 없었다. 그도 잘하니 여기 식으로 적당히 분담하면 더 좋겠다고 생각했다. 혜민은 아침 인사와 함께 고맙다고 말하고 환하게 웃으며 화장실로 들어갔다.

간단한 프랑스식 아침 식사 후 오전에 같이 집과 짐 정리를 했다. 그녀의 짐은 트렁크 두 개였는데 풀어놓으니 생각보다 많았다. 정리하다 파악된 급하게 살 것도 체크하였다. 알퐁스는 사정을 미리 얘기해놓아 대학연구실에 나가지 않았다. 아직 그녀가 아무것도 모르는데 혼자 두고 출근하는 것은 그녀는 차치하고 알퐁스 자신이 너무 불안했다.

오후에는 그녀의 불어와 미술 공부를 위한 얘기도 나누고 준비도 하였다. 사실 그 먼 길을 왔으니 좀 더 쉰 다음 이곳 생활에 보다 익숙해진 후에 그런 준비와 얘기를 하여도 되나, 그녀는 보통 열심이 아니었다. 그리고 체력도 좋은 듯했다. 보통 여인 같으면 며칠을 쉬거나 아파서 드러누울 수도 있는 상황이었다. 물론 여기가 아직 편하지 않아서 그럴 수도 있었다. 하여간 얘기 듣던 일반 조선 처자가 아니었다. 어떤 면에서는 여기 프랑스 젊은 여자들 못지않게 자기 발전을 지향하였다. 결혼보다는 이 유학 때문에 그 먼 길을 온 거 아닌가 하는 생각이 들 지경이었다.

불어 익히는 거는 카뜨리느에게 부탁하면 어떨까 하는 생각이 얼핏 들었다. 알퐁스가 일하는 소르본 대학 여학생이나 여자 연구원 생각도 하여 보았고, 직업적으로 외국인에 불어를 가르치는 곳도 고려하였으나 이런저런 단점

과거와의 네 가지 해후

이 보였을 뿐이었다. 카뜨리느는 프랑스에서 자란 여자이니 불어뿐만 아니라 문화까지 잘 가르칠 수 있다는 장점이 있었다. 가장 중요한 것은 조선어까지 어느 정도 가능하고, 비슷한 나이 또래 젊은 여자라는 것도 크게 좋은 점이었다.

그렇지 않아도 카뜨리느는 초급영어, 즉 언어를 가르치는 일과 영어/프랑스어 번역작업을 돕는 일을 하고 있었다. 말하자면 언어교육 전문가라는 얘기였다. 이미 알퐁스 조부가 간택한 규수가 파리에 올 거라는 얘기는 분명히 했고, 알퐁스와 카뜨리느 사이에 별다른 책잡힐 일이 벌어진 것도 없었다. 문제는 카뜨리느였다. 부담이 되어 아니면 마음이 안 내켜 못한다고 하면 그만이었다. 이따가 혹은 내일 전화를 해보기로 했다. 그녀네 집에는 전화도 있었다.

파리의 대표적 미술대학교는 국립인 파리 보자르(프랑스 미술대학교: 에꼴 데 보자르)였다. 루이 14세에 의해 17세기에 조각과 그림을 위한 왕립 아카데미로 설립되었다. 프랑스 정부 후원으로 높은 수준의 미술가를 양성하고자 하는 목적으로 세워져, 프랑스 미술의 가장 핵심적 자리에 위치하고 있었다. 마티스, 드가, 모네, 르누아르 등 세계적 화가를 배출한 학교였다.

여기에 가면 혜민의 실력 향상과 미술계에서의 발전에 제일 좋으나 프랑스의 대학 입학 자격시험인 바칼로레아를 치러야 했다. 혜민이 불어 공부를 마치고도 상당 기간후 확정할 문제이긴 하나 아무래도 아직은 많이 무리였다. 그녀의 마음이 급하니 불어가 어느 정도 되면 우선 유명 미술연구소나 잘 가르치는 화가의 아틀리에에 다니는 게 좋겠다고 얘기했더니 아주 좋다고 하고 고마워하였다. 우선은 불어 공부였다.

카뜨린느에게 연락이 닿았다. 망설였다. 왜 아니었겠는가. 대단한 관계까지 미치지는 못했으나 본인도 집안끼리 연락되어 맞선 비슷한 것을 보고, 서로 아주 싫지는 않아 가끔 만나 영화도 보고 손 정도는 서로 잡아본 그런 관계였으니. 파리에서가 아니라 조선에서였다면, 먼저 혼인했을 수도 있었을 거였다. 그 망설임이 이해가 되면서 알퐁스는 자신이 너무 잔혹하고 무리한 부탁을 하고 있다는 것을 전화 통화 중 점점 깨달아 갔었다.

"그러면 한번 생각해 보시고 연락 주세요. 가든 부든 너무 오래 걸리시지 않기를 바랍니다. 절대 부담 갖지 마시고, 마음에 들지 않아도 부디 사흘 내로 연락 부탁드려요. 다른 데라도 알아보아야 하니. 미안합니다."

알퐁스와 혜민, 둘은 처음부터 크게 욕심을 내지는 않았다. 생각보다 현명한 남녀였다. 알퐁스가 여자들에 대해 트라우마가 있어 조심하는 거인지도 몰랐다. 알퐁스와 혜민은 그렇게 각 방으로 여러 날을 지냈다. 물론 경성의 조부가 이런 줄을 알았다면 경을 칠 일이었지만. 하여간 이렇게 둘이 부부라기보다 각자에 예절 바른 친구처럼 잘 지냈다.

혜민은 알퐁스가 아파트 내에서 그녀에 대해 예의를 갖추고 그녀의 불어와 미술 공부를 위해 애쓰고 철저히 준비해주는 데 감명을 받았다. 조선에서는 보기 어려운 남자임에 틀림이 없었다. 그리고 그동안 짐과 집 정리에 동고동락하고 파리와 대학 구경과 외식도 같이하면서 둘 사이는 급속히 가까워졌고 정이 들어갔다. 서로 남녀로 별로 싫지 않은 상황이 되었다.

먼 서양에 둘만 있다는 상황이 더 그렇게 만들고 있기도 했다. 급기야 외식에다 뱅루즈 두 병까지 마시고 온 날둘은 자연스레 한방을 쓰게 되었고, 그렇게 둘은 드디어 진정한 부부의 연을 맺게 되었다. 역시 인류는 자신들이 숭배하는 신에게 포도주를 바쳤고, 의식, 축제 등에서 중요한 매체로 왜 포도주가 활용되었는지 이해되는 대목이었다. 이집트인들은 오시리스신에게, 그리스인들은 그들의 술의 신인 디오니소스에게 감사의 뜻으로 포도주를 바쳤으며 성경에도 대홍수가 끝나고 노아가 포도나무를 심고 포도주를 만들었다는 내용이 다 일맥상통하는 것 같았다. 하여간 알퐁스와 혜민은 그런 연관성이 있었으면 하고 바랐다.

과거와의 네 가지 해후

'사랑한다는 것

그것은 사랑을 받는다는 것이다.

하나의 존재를

불안에 휩쓸리게 하는 것.

아

이제는 상대방에

제일 귀중한 것이 못 된다는 것.

이것이 우리의 고민이다.'

아직 불어 교습할 사람이 정해지지 않았으니 우선 급한 대로 자연스레 알퐁스가 프랑스어와 프랑스 문화를 혜민에게 가르쳐 주게 되었다. 아파트에서 산책하며 또는 카페에서. 알퐁스는 얼마 전 상하이 기자 양지아후이와의 프랑스 문화계 취재를 좀 도와주면서 특히 프랑스 문학에 대한 이해가 크게 높아진 상태였다. 거기다 알퐁스는 과학도이나 프랑스의 시를 좋아하였다. 알퐁스가 당시 파리 문학계의 한 축을 담당하던 '장 콕토'의 시를 들려주고 그에 대해 얘기도 해주었다. 혜민에게는 모든 것이 새로웠다.

장 콕토는 피카소, 디아길레프, 모딜리아니 등과 사귀며 입체파적 미학을 시에 옮겨 씀으로써 새롭고 기발한 환상의 예술 형식을 만들어 내었다. 장 콕토의 시는 일종의 마술사의 재주와도 같은 멋진 솜씨로 동일 공간에 쌓아 올린 구조를 지녔다.

예를 들면, 그의 시는 첫째 시구와 둘째 시구 사이의 관계는 마치 손과 장갑과의 관계처럼 또는 겉과 속이 서로 겹쳐 있는 양배추처럼 조화롭게 어울렸다. 그것은 형태론적 차원에서나 감각적 차원에서, 그리고 의미론적 차원에서 이중 삼중으로 겹쳐 있는 새로운 것이었다. 콕토의 시는 선명한 채색과도 같았다. 시적 이미지가 독자에게 말을 거는 듯하였다. 그의 시를 읽으면 마치 문자로 그린 그림을 보는 것 같았다. 미술을 하는 혜민은 잘 알아두고 나중에라도 내용을 잘 파악해두면 그림 그리는 데도 도움이 될 듯하였다.

그 사이 카뜨린느로부터 결국 불어 공부를 가르치겠다는 기쁜 연락도 받았다. 너무 고마웠고 미안했다. 알퐁스가 보기에는 당시 최고의 조합이었다. 이런 경우를 만들기 위해 알퐁스가 두 여인 모두와 이런저런 인연을 맺었는가 하는 생각이 들 정도였다. 알퐁스는 두 여자 모두에게 만나면 조심해야 할 점에 대해 말하지 않기로 했다. 섣불리 말했다가 오히려 오해가 생기고 역효과가 생길 것으로 판단했다. 두 여자 모두 인성이 좋은 데다 특히 카뜨린느가 수다스러움과는 거리가 먼 참하고 차분한 성격인 것도 믿는 점이었다. 교습 장소는 가급적 카뜨린느가 초급영어 가르치는 곳에서나 알퐁스가 일하는 대학연구실이나 교정에서 하기로 정했다. 사실 두 장소는 그리 멀리 떨어져 있지 않았다.

첫 교습은 다음다음 날 오후 카뜨린느가 초급영어 가르치는 곳에서 하기로 하였다. 처음이고 아직 혜민이 파리를 혼자서 자유롭게 다닐 정도가 안 되어 당연히 알퐁스가 동행하였다.

"카뜨린느, 잘 있었어요? 이쪽은 혜민이에요. 교습 잘 부탁해요. 조선에서 온 지 얼마 안 되는 나의 부인이에요. 잘 부탁합니다."

셋이 이렇게 만나니 왠지 모르게 다소 어색한 상황이나 알퐁스가 그래도 분위기를 수습하기 시작하였다. 그는 그냥 솔직히 둘 사이가 이제 부부라는 것을 천명하였다. 그리고 두 여인들도 자기 성격대로 처음 만난 어색함을 극복해가기 시작했다. 카뜨린느는 차분하게, 혜민은 쾌활하게 첫인사를 나누었다. 사실은 알퐁스와 이런저런 관계에 있었던 카뜨린느가 더 부담이 되었으리라. 그런데도 이렇게 혜민을 가르친다니 고마운 일이었다. 애정적으로는 모르겠으나 좋은 여인임을 새삼 깨달았다.

"얼마나 하실 건가요? 대학에 갔다가 끝날 때쯤에 다시 올게요. 처음이니 셋이 같이 식사나 하죠?"
알퐁스는 다소 안심하고 일하러 돌아갔다. 바쁘기도 했고 거기 그냥 물끄러미 있는 것도 우스운 일이었다.

대학 근처에 학생들 많이 가는 수수하고 비싸지 않으나 맛있는 카페로 갔다. 두 여자는 벌써 친해진 것 같았다. 아니 카뜨린느가 어색함을 누르고 친한 척했던 것일지도 몰랐다. 그렇다면 알퐁스로서는 너무 고마운 일이다. '혜민의 인성이 둘 사이의 이상 기류를 무너뜨렸나? 아니면 별로 친해지지 않았으면서도 남자들이 보기에는 너무 친해진 것처럼 하는 둘의 연기인가?'

"오늘 수업 어땠어요? 카뜨리느, 첫날 가르치느라 고생 많았지요? 혜민 씨도 첫날이라 힘들었지요. 두 분이 고생 많으셨는데 오늘 좋은 거 드세요. 포도주도 하시고요. 당연히 내가 내겠습니다."

두 여인이 친해진 것이 좋아 알퐁스가 기분을 냈다.

"혜민씨 열성이 대단해 빨리 익숙해질 것 같아요."

혜민이 명랑한 성격답게 아주 좋아했다.

"알퐁스, 카뜨리느가 저에게 불란서식 이름을 지어주었어요. 샤로뜨, 어때요? 강인하고 자유롭다는 뜻이래요."

조금 겁이 나는 이름이나 잘 맞고 예쁜 것 같았다. 그런 일까지 있자 그날이 아주 의미 있는 날로 되어버렸다. 좀 더 섬세하고 좋은 피노누아를 주문하였다. 섬세한 뱅루즈에 맞는 볼이 훨씬 더 넓은 부르고뉴 잔도 도착하였다.

"건배하죠. 잘 가르쳐주시고 잘 배우기를 바랍니다. 드랑꽁(건배)!"

　여인 둘이 프랑스어 교습 관련되는 얘기로 다시 꽃을 피웠다. 까뜨리느는 고맙게 카페에서도 교습을 진행하는 셈이 되었다. 둘을 쳐다보는 알퐁스의 마음이 편해지고 기분이 좋아졌다. 요리는 간단히 시켰고, 주로 뱅루즈를 마셨다. 세 사람은 어느 정도 기분 좋게 취했다. 취한 김에서였는지 차분하고 말수가 적은 까뜨리느가 과감하게 말을 던졌다.

　"두 분 혼인을 다시 축하드려요. 잘 어울리시는 것을 보니 조부님과 부모님의 안목에 감탄하고 있어요. 조만간 샤로뜨도 불어 잘하게 될 것 같고 그러면 여기서 결혼식을 꼭 하세요. 저도 다시 축하해드리고 자극도 받게요."

　알퐁스는 까뜨리느의 착한 마음에 너무 고마웠다. 사실 원래 착한 사람이긴 하나. 그러나 마지막 말은 뜨끔도 했다. 물론 그 혼자서.

　"감사합니다. 우리 셋이 자주 만나요."

　샤로뜨가 순진하고 명랑히 마무리했다. 그녀는 이국만리에 와서도 조선어가 어느 정도 통하는 친구뻘 되는 여인도 만나고 프랑스어도 제대로 배우게 되니 아주 기분이 좋은 것 같았다. 더구나 밝은 성격이니 더.

알퐁스는 셋이 만나는 것이 사실 조마조마하나 샤로뜨에게는 까뜨리느가 프랑스어 교습 선생에다 그녀를 제외하고는 이곳 먼 타국에 조선어 가능한 친구도 없으니 선택의 여지가 별로 없었다. 그저 두 여인이 잘 지내고 그들로 인해 그 때문에 서로 간 어떠한 고통도 주고받지 않기를 간구할 따름이었다.

알퐁스의 대학에서의 일도 샤로뜨의 프랑스어와 프랑스 문화 공부도 둘 사이의 신혼 애정도 큰 탈 없이 제법 잘 진행되었다. 물론 항상 그렇듯이 서로의 다름을 맞춰가는 과정의 불협화음은 계속 발생하였으나 둘은 행복했다. 시간이 얼어붙었으면 할 때도 있었다. 그의 눈과 마주칠 때마다 크고 환한 미소를 보내는 그녀의 그에 대한 깊은 마음을 항상 느낄 수 있었다. 아파트에서나 카페에서 저녁 먹을 때 희미한 불빛 속에서 그녀의 감성은 더 돋보였다.

그러나 알퐁스의 우려대로 샤로뜨가 그와 까뜨리느 사이의 옛 관계를 어느 정도 알게 되었다. 이로 인해 둘은 다소 시끄러웠다. 그럼에도 까뜨리느의 교습은 계속 이어나갔다. 아마도 엄청난 사건은 아니라고 판단한 모양인지 아니면 프랑스어 익히는 게 미술 공부 등 자신의 장래에 너무 중요하다고 생각했는지 정확히 알 수는 없었다. 하여간 샤로뜨는 약간의 우여곡절을 거쳐 일단 알퐁스를 이해한다는 뜻밖의 대범한 태도를 취하였다. 조선 여인의 미덕이었다면 고마운 일이었다. 물론 그의 적극적이고 진실해 보이는 해명이 얼마간의 작용도 하였으리라.

다행히 이로 인해 샤로뜨와 까뜨리느 간의 프랑스어 공부도 별 문제가 없이 이어졌다. 그러나 그는 샤로뜨가 참으로 이해했는지 아직 가슴에 무엇을 담고 있는 지까지는 알 수 없었다. 그저 나중에 이로 인해 별문제가 생기지 않기를 바랄 뿐이었다.

샤로뜨의 프랑스어 실력은 빠르게 늘어갔다. 프랑스어 교습 선생과 학생이 서로 열심이기도 하였고, 샤로뜨가 언어에 특히 프랑스어에 재질이 있었는지도 모를 일이었다. 물론 파리 지리나 프랑스 문화도 점점 익숙해졌다. 이제는 집에서 멀지 않은 곳은 혼자서 다니고 일도 볼 수 있게 되었다. 대학은 아직 무리이나 이제 어느 아틀리에를 다니며 미술 공부를 할 때가 된 것으로 보였다.

알퐁스가 일하는 대학 근처에 제법 이름 있는 아틀리에가 어떠냐고 했더니 샤로뜨도 좋다고 했다. 대학 근처이고 꽤 이름있는 곳이라는 점이 어느 정도 작용했을 것이다. 물론 프랑스어 교습도 아직은 계속하기로 했다. 아직 완전과는 거리가 멀었으니.

아틀리에에 가는 첫날이었다. 첫날이고 대학 근처라 알퐁스도 샤로뜨와 같이 움직였다. 당연히 같이 가야 하는 점도 있었으나, 이제 샤로뜨가 프랑스어니 파리 생활에 상당히 빠르게 익숙해져 사실은 꼭 동행해야 할 필요가 없을 정도가 되었다. 그러나 알퐁스 자신도 그곳이 궁금했고 뭔지 아직은 샤로뜨를 보호해주어야겠다고 생각했다. 조선 여인하고 같이 살다 보니 알퐁스도 약간 조선풍이 되어가는 것 같았다.

아틀리에는 생각보다 크고 꽤 많은 사람들이 미술을 배우고 있는 것 같았다. 다소 커서 화가의 손길이 다 미칠 수 있는지는 모르겠으나 나름 독자적으로 실력을 쌓을 수 있는 장점은 있어 보였다. 들어보니 책임 화가 혼자가 아니라 보조 화가들이 좀 있어서 큰 아틀리에 운영에 큰 문제가 없다고 했다. 물론 책임 화가를 많이 만날 수 있어야 더 좋을 것이었다. 하여간 샤로뜨한테 할지 말지를 결정하라고 하였더니 책임 화가도 만나보고 여기저기 둘러보더니 결국 괜찮다고 하였다. 며칠 후부터 다니기로 정하였다.

이제 미술 공부에다 프랑스어 교습에다 그녀는 점점 파리 유학생처럼 되어갔다. 그러니 점점 파리지엥도 되어갔다. 샤로뜨가 생각보다 프랑스에 적응을 잘하여가며 그녀의 꿈도 점점 창대하여졌다. 바칼로레아를 거쳐 프랑스 최고의 미술대학교인 국립 파리 보자르에 입학하여 공부하는 것으로 목표로 삼을 정도가 되었다. 참으로 머나먼 길을 얘기하는 거였다.

이러다 보니 그녀가 알퐁스와의 혼인 생활에 투입하는
시간이 점점 줄어들었다. 미소의 그늘같이 그가 오히려 가
정사를 더 많이 돌보는 식으로 되어 갔다. 그는 잠시 왜
이렇게 되지 생각하였으나 원래 하던 일이라 크게 힘들 것
은 없었다. 거기다 둘이 합의했던 것이고 알퐁스가 장려한
점도 없지 않으니 크게 할 말은 없었다.

샤로뜨는 참으로 미술을 좋아하는 것 같았다. 아틀리에
에서 허용하는 시간을 최대한 활용하였다. 아니 즐겼다가
더 맞을지도 몰랐다. 당연히 그림은 일취월장이었다. 그녀
는 정말 미술에 재능이 있던 것 같았다. 그거에다 좋은 선
생 그리고 많은 연습이 합쳐지니 재능에 날개가 달린 것
같았다. 그것도 훨훨. 그러다 보니 아뜨리에의 책임 화가
와 보조 화가들도 신경을 더 쓰고 좋아하게 되었다. 이제
는 책임 화가가 주로 지도하였으나 혼자서 연습하고 할 때
는 보조 화가 중 한 사람인 알랭이 주로 그림도 도와주고
봐주고 하였다.

그녀의 프랑스어도 어지간하게 되어 이런저런 대화도 하

게 되었다. 적극적인 그녀의 성격이 오히려 프랑스어 연습하는 기회로 활용되었다. 그러다 보니 상당히 미남이고 젊고 미술에서도 유망한 알랭과 점점 친해지게 되었다. 물론 그녀의 활달한 성격과 뛰어난 미술 실력이 한몫하였다. 그녀로서는 처음이자 본격적으로 가까이에서 접해본 젊은 남성 프랑스인이어서 그런지도 몰랐다. 알랭도 미술 실력 있는 동양 여인에게 신비스러움을 느꼈을지도 몰랐다. 아니면 단순한 호기심일지도.

결국 카페에도 한번 같이 가게 되었고, 두 번, 세 번… 커피나 같이 마시다가 나중에는 뱅루즈까지 마시게 되었다. 주로 미술에 대한 얘기를 나누었으나 자연스레 점점 사적인 영역까지 확장되었다. 그러는 동안에도 알퐁스는 전혀 그런 낌새를 눈치채지 못했다. 활달한 샤로뜨가 별 얘기를 하지 않은 것이 그 첫째 이유이나 워낙 미술 공부에 열심이었고 적극적 성격이라 그러겠거니 하고 큰 의심과 걱정을 하지 않았다. 물론 알퐁스 자신도 그때 연구에 열중할 상황으로 연구결과 보고를 하여야 할 시점이 다가오고 있었다.

알퐁스는 샤로뜨와 이제 제대로 사랑을 하고 있지만, 어느 정도의 독립적인 삶 또한 즐기고 살아가는 부부로 생각하고 있었다. 당연히 어떠한 경우에도 둘의 감정적인 접촉이 매우 중요하다고 생각했으며, 이렇게 그들은 신체적 접촉이 제한된 경우에도 관계를 유지하는 법을 잘 알고 있다고 믿었다.

그런데 가끔 집에 늦게 들어온 샤로뜨한테서 뱅루즈 냄새가 나고 해서 좀 이상하다고 생각되기 시작하였다. 물론 아주 큰 의심까지는 아니었으나. 아틀리에에서 회식이 자주 있구나 하는 정도로 생각하며 넘어가려 하였다.

미술 공부를 열심히 할수록 샤로뜨는 알랭과 자연스레 가까워지기 시작하였다. 알랭도 그녀에 대한 미술 지도를 더 열심히 하게 되었다. 그러다 결국은 그녀의 꿈인 파리 보자르를 제대로 구경시켜 준다는 말에 솔깃하여 같이 가게 되었다. 알퐁스와 한번 갔으나 건물 밖에서나 둘러보고 교정을 거닐었던 정도였다. 그림을 자꾸 그리는 것도 물론 중요하나 꿈도 키워야 한다는 말이 마음에 들었다.

물론 둘의 데이트를 위한 기회라는 생각도 당연히 가슴 한구석에 있었다.

알랭은 파리 보자르 건물 속까지 잘 안내를 해주었다. 알랭 자신도 잘 알고 거기에 아는 사람들 또한 있었다. 학생들의 열의와 진지함 그리고 좋은 시설들에 그녀는 크게 감명을 받고 꼭 여기 와서 공부할 수 있게 준비에 박차를 가하자고 각오를 다졌다. 남을 대신해서 울어주고 웃어주는 그런 그림을 꼭 그리겠다는 일념을 품고. 알랭도 그녀의 그림 실력 발전이 파리 보자르 다닐 정도에 가까워지고 있다고 격려하며 기분 좋은 소리를 해주었다.

기분이 그래서인지 이젠 서로 친해져서인지 파리 보자르 근처에 있는 알랭의 자그마한 아파트에서 커피 한잔하자는 말에도 자연스레 응할 정도가 되었다. 아파트에는 잠재력은 있으나 아직 아틀리에 보조 화가나 하는, 무명이지만 야망에 넘치는 독신 남성 화가 냄새가 물씬 풍기고 있었다. 좁은 아파트 여기저기 완성된 듯한 그림들과 그리고 있는 그림도 보였다. 아틀리에 말고도 아파트에서도 작업을 상당히 하는 듯이 보였다.

　그림들은 역시 그녀의 것들보다 훌륭해 보였다. 그녀 눈에는 슬픔과 기쁨과 깊이를 가진 그림들로 보였다. 외부의 풍경들을 관조적으로 바라보는 것에서 벗어나 시선을 자기 자신에게로 비판적으로 돌리는 것 같은 작품도 보였다. 그가 중요한 얘기도 해주었다. 알랭은 그 자신을 위해 그리고 싶은데 잘 안 된다고 했다. 이기적으로 들릴지 모르지만, 자기 자신을 위해 그리는 게 중요하다는 얘기였다.

　물론 그녀가 아직 잘 이해할 수 없는 말이었다. 애호가들과 평론가들, 화랑이나 전시회 사람들은 잊어버리려고 노력하여야 한다는 말이었다. 애호가나 평론가 눈치 보지 않고 화가 자신을 위해 그리는 그림이 애호가와 연결되는 최고의 방법이라는 어려운 얘기였다. 알랭 자신도 잘 안 되고 있다면서. 그녀는 나중에 다시 한번 그 말을 되씹어 봐야겠다고 생각했다. 알랭은 추가하여 이런 얘기도 하였다. 그림을 그린다는 것은 늘 어떤 상황에 내재한 신비를 파고든다는 것이라고 하였다. 그러면서 그 미스터리에 대해 어떤 통찰력을 얻을 수 있지 않을까 희망하면서. 그는 그럴수록 그 복잡성에 늘 놀라곤 한다고도 했다. 역시 그녀는 당장 이해되지는 않았다.

그림을 둘러보고 그가 커피와 과자를 주겠다고 하여 아파트 작은 식탁 의자에 앉아 커피 끓이는 소리를 듣고 있자니 대담하고 명랑한 성격의 샤로뜨 같지 않아졌다. 둘이 많이 가까워지기는 했으나 그녀가 작은 아파트에 젊은 남녀 단둘이 있기는 남편 알퐁스를 제외하고는 처음이었고 더구나 프랑스 젊은 남자와 단둘이는 진실로 처음이었다. 갑자기 매우 불안해졌다. 대륙횡단 열차를 타기 전 조선 처자로 지내던 때의 조선의 윤리관이 어느덧 눈앞에 어른거렸다. 그러나 알랭이 그리 싫지 않은 감정에 그녀의 마음이 마구 뛰기 시작하였다.

마침 식탁에 도착한 따뜻하고 향기로운 커피에 마음이 다소 진정되었으나, 커피를 다 마셔갈 때쯤에 뭔지 동물적으로 변하기 시작한 듯한 알랭의 태도와 몸짓에 다시 조선의 윤리가 왈칵 다가왔다. 여기는 세상에서 가장 새로운 윤리들이 공기처럼 돌아다니는 프랑스 파리였다. 물론 알랭도 상당히 매력이 있었고 심성도 그리 나쁘지 않았다. 미술 공부를 위해서는 그와 더 친해 두는 것이 좋을 듯하였다.

 그러나 남편인 알퐁스의 얼굴이 떠오르고 그녀를 간택하여 이곳 프랑스로 보내주신 근엄하나 속정이 있는 알퐁스 조부 모습도 순간적으로 그리고 동시에 떠올랐다. 결국은 커피를 다 마시자 말자 식탁 의자를 박차고 일어났다.
 "커피 잘 마셨어요. 집에서 급하게 해야 할 일을 잊었어요. 미안합니다."
 바닥에 놓여있던 손가방을 급하게 들고 알랭이 말릴 사이도 없이 아파트 문을 나섰다.
 '아 어쩔 수 없는 조선의 처자여!'
 알랭이 쫓아오지도 않는 것 같은데도 아파트 계단을 달리듯 내려오며 샤로뜨가 아니 혜민이 스스로에게 외쳤다. 그녀가 알퐁스를 사랑한다는 것이 한 자락 바람에도 흔들리는 나뭇가지가 될 수는 없었다.

라벤더 향기가 코를 감싸는 거를 보니 어느덧 둘의 보금 자리 아파트에 다가온 거를 알았다. 누가 쫓아 오지도 않는 것 같은데 정신 하나도 없이 아파트에 왔다. 아마 자신의 다른 마음이 따라 왔는지도 몰랐다. 프랑스 젊은 예술가인 알랭의 아파트까지 따라갔을 때는 그것이 의미하는 것을 모를 혜민이 아니었는데 어찌 막판에 그곳을 튀어나왔는지 그녀 자신도 혼란스러워하고 있었다. 그럴 것을 왜 거기 갔는가 하는 자신에 대한 어리석은 질문과 함께.

혜민은 진짜로 다시 주위를 둘러보았다. 물론 라벤더와 다른 꽃향기 외에는 주위를 맴도는 것은 없었다. 집에 도착할 때까지도 상기되었던 얼굴이 다 식지 않은 모양이었다. 알퐁스가 급하게 좀 발그스름하게 들어온 혜민을 놀란 표정으로 그러나 아무 말 없이 쳐다만 보았다. 그녀는 알퐁스에게 인사를 하는 둥 마는 둥 손가방을 바닥에 내려놓자마자 그대로 화장실로 직행하였다.

알퐁스는 정확히는 모르겠으나 이미 부부 사이가 된 감으로 이런저런 상상을 하였다. 그리고 혜민이 화장실에서

나온 후에도 절대로 왜 그러냐고 묻지 않기로 결심하였다. 왠지 그녀를 믿고 싶었다. 아니 그래야 한다는 생각이 본능적으로 들었다.

주변 상황 등에 의해 남녀 관계에서 거리가 벌어지면 많은 연인이나 부부는 관계 자체를 끝내려고 한다. 하지만 그 거리가 극복할 수 있는 장애물임을 인지하지 못한 채 바로 끝내 버리는 애처로운 경우도 많다. 모든 관계에서 거리가 있으면 항상 어려워 보이는 거는 당연하다. 문제의 쌍은 그로 인해 관계가 결국 무너질 것이라고 종종 비관적으로 생각한다. 아마도 부부나 연인 관계가 이미 생긴 거리에 의해 크게 영향을 받을 것이고, 좋은 관계를 회복하기 전에 모든 것이 끝나버릴 것이라고 생각하는 경우가 많다는 얘기이다.

하지만 알퐁스는 아직 아니라고 확신을 품었다.

'라벤더의 향기와 같은

당신의 향을 찾는 것은 그리움입니다.

사랑한다는 말 한마디보다

말하지 않아

더 빛나는 것이 믿음입니다.'

꽤 한참 후 나온 혜민에게 차분하게 그러나 단호하게 알퐁스가 말했다.

"곧 다가올 여름 휴가철이 되면 아프리카에 계신 부모님께 인사하러 갑시다. 많이 기다리시는 것 같아요. 아가팬더스라고 하는 아프리카 백합의 보라색 꽃이 황홀하게 활짝 핀 곳이에요. 혜민 씨가 그린 멋진 그림 한두 개 들고요."

그냥 절로 절로 그렇게 움직여가는 것이었다. 누가 손을 대서 그런 것이 아니었다. 아무도 그 흐름을 막아설 수는 없었다.

　　　　　　　　　과거와의 네 가지 해후

'나는 안다.

억제할 수 없는

내 마음에서

온몸을 다 해서 맛보이는

진정한 사람을 제외하고는

내 몸이 값없는 것을

나 이제 깨닫는다.'

과
거
와   네
의   가
        지
        해
        후

펴낸날 2021년 5월 7일

지은이 이영백
펴낸이 주계수 | **편집책임** 이슬기 | **꾸민이** 이화선

펴낸곳 밥북 | **출판등록** 제 2014-000085 호
주소 서울시 마포구 양화로 59 화승리버스텔 303호
전화 02-6925-0370 | **팩스** 02-6925-0380
홈페이지 www.bobbook.co.kr | **이메일** bobbook@hanmail.net

© 이영백, 2021.
ISBN 979-11-5858-777-2 (03810)